Paul Katsitis

AF175647

Mykonos Crime © 22
PONTIFEX

Bisher erschienen in dieser Reihe (Deutsch/Griechisch)

Serie 1 (Angelos und Alex)
Mykonos Crime 1 Die Bestie von Mykonos
Mykonos Crime 2 Rache
Mykonos Crime 3 Tattoo
Mykonos Crime 4 Der Drei-Sterne-Mord vergr.
Mykonos Crime 5 Inzest
Mykonos Crime 6 Skalpell
Mykonos Crime 7 Hass
Mykonos Crime 8 Sturm über Mykonos
Mykonos Crime 9 Die Maske
Mykonos Crime 10 Abseits
Mykonos Crime 11 Glut
Mykonos Crime 12 Putsch

Serie 2 (Angelos und Khaled)
Mykonos Crime 13 Royals
Mykonos Crime 14 Trauma
Mykonos Crime 15 Khaled
Mykonos Crime 16 Spione
Mykonos Crime 17 Botschafter
Mykonos Crime 18 Libido
Mykonos Crime 19 Carneval

Serie 3 (Angelos und Yariv)
Mykonos Crime 20 Darknet
Mykonos Crime 21 Yariv
Mykonos Crime 22 Pontifex
Mykonos Crime 23 Sisa (Dez)
Mykonos Crime 24 Kodex (März)

Bisher erschienen auf Hebräisch:
Mykonos Crime 1: שגריר
Mykonos Crime 2: הליבידו (Sep 2020)

Bisher erschienen auf Englisch:
Mikonos Crime 1: Abducted
Mikonos Crime 2: Confusion
Mikonos Crime 3: The prince
Mikonos Crime 4: Spy
Mikonos Crime 5: Beast
Mikonos Crime 6: Nightkids
Mikonos Crime 7: Yariv (Dez)

Paul Katsitis

Mykonos Crime© 22

Impressum

Titel: Shutterstock

Innenteil/Rückseite Shutterstock/ Ölgemälde Katsitis

Copyright Paul Katsitis 2020: **Der Inhalt als auch Buch- und Reihentitel sowie der Autorenname sind urheberrechtlich geschützt oder unterliegen dem Titelschutz. Jedwede Verwendung ist strafbar.**

ISBN 9783752607802

Herstellung und Verlag BoD- Books on Demand, Norderstedt

Ein paar kleine Hinweise:

Der Begriff „Pontifex" wird bei uns fast ausschließlich als Synonym für den Papst verwendet, bedeutet aber nur „Oberster Priester" und kann daher auch für andere Kirchenoberhäupter verwendet werden. Hieronymus I. ist das Oberhaupt der orthodoxen Kirche von Griechenland und sein offizieller Titel ist „Metropolit" – zu sperrig für einen Buchtitel. Auch sind die Titel und Anreden orthodoxer Würdenträger teilweise nicht zu übersetzen. Daher werden zum besseren Verständnis analoge Begriffe aus der katholischen Kirche verwendet, z. B. die Anrede „Eure Heiligkeit" oder „Eminenz".
Wichtig: In der orthodoxen Kirche gibt es keinen „Papst" mit Unfehlbarkeitsstatus. Hieronymus ist nur repräsentatives Oberhaupt, ansonsten Bischof/Kardinal unter Gleichen.

Der Verfasser dieses Buches ist Atheist. Man möge ihm Fehler auf theologischem Gebiet nachsehen.

Galeeren wurden in der Regel von bezahlten Ruderern bewegt, nicht von Sträflingen.

Efcharistó!

Angelos Nikakis, 31, ist nicht nur der Hauptkommissar auf Mykonos, sondern auch Bürgermeister der Insel.

Sein Lebenspartner ist ein Kollege: **Yariv Markaris, 28,** ursprünglich Kommissar in Athen. Beide trafen sich im Rahmen von Ermittlungen und verliebten sich ineinander.

Das Problem: Angelos ist noch verheiratet mit **Khaled Nikakis, 26**, einem gebürtigen Emirati.

Abu Bakar, 38, beherrscht den Drogenhandel in der Ägäis. daher sind er und Kommissar Angelos Nikakis per se Feinde. Doch dann schließen die beiden ein Friedensabkommen der besonderen Art.

1

Nördliche Ägäis, 6. Oktober 451, 14.00 Uhr
römischer Zeit

Flavius stand an Bord der Galeere und sah zu,
wie die Segel eingeholt wurden.
Ich möchte nicht da oben herumturnen,
dachte er. Vor wenigen Minuten setzte der
Meltemi ein, der gnadenlose Nordwind, der die
Ägäis hinabrauscht und jede Reise nach
Konstantinopel zum Höllenritt macht. Der
Statthalter auf Kreta hatte ihnen am Abend
vorher noch erklärt, dass der Meltemi üblicher-
weise im September zusammenbricht und man
sicherlich bequem ins östliche Rom fahren könne.
Von wegen.
Offensichtlich hatte Aiolos, der Gott des Windes,
einen Kalender mit Verzug oder er war einfach
schlecht gelaunt. Wie aus dem Nichts hörte man

zunächst das Grollen und dann riss es fast die Segel vom Mast. Das Schiff fuhr tatsächlich rückwärts. Der Bootsführer, ein haariger Hüne vom Rang eines Legatus geriet fast in Panik, als sich die Galeere querstellte. Erst als die Segel fielen, beruhigte sich das Schiff. Jetzt war es an den 300 Galeerensoldaten, das schwimmende Monstrum gegen den Wind Richtung Norden zu rudern. Aber dafür werden sie bezahlt, dachte Flavius.

Die Sonne hatte den Zenit bereits überschritten. Bei Zeus, den ganzen Tag werden wir hier festgehalten. Das letzte Stück dauert länger als die ganze Fahrt von Ostia hierher.

Flavius schaute nach Westen. Sie passierten Delos und Flavius hoffte, die Reste des einstigen Zentrums der Ägäis erkennen zu können. Doch er wurde enttäuscht, denn, obwohl sie keine Seemeile vom Eiland entfernt vorbeifuhren, konnte er fast nichts erkennen. Ein paar Säulen, ein paar Löwen und Reste einer Theateranlage – der Rest war schon Ruinen und Schutt. Enttäuschend.

Appius, sein jüngerer Begleiter, gesellte sich zu ihm.

„Man kann kaum stehen", beschwerte sich der junge Mann, der noch keine zwanzig Jahre zählte und einen Körper wie ein griechischer Jüngling hatte. Nun ja, Appius war Halbgrieche und seit mehreren Monaten der Sekretär von Flavius, Auxiliarbischof am Hofe seiner Heiligkeit, Papst Leo.

Dass ihn der Heilige Vater nach Konstantinopel schickte, ging Flavius gewaltig gegen den Strich. Rom zu verlassen, wäre ihm nie in den Sinn gekommen. Alles außerhalb der ewigen Stadt war Barbarium, unterentwickeltes Land mit Bewohnern ohne jede Kultur. Der Hauptgrund jedoch war, dass Flavius durch die Reise sein gewohntes Nachtritual nicht vollziehen konnte – nämlich das Besteigen seines Sekretärs, der nebenbei über ganz erstaunliche Fähigkeiten mit seiner Zunge verfügte.

Gewissensbisse hatte Flavius keine. Sex unter Männern war in Rom nicht verpönt, sondern gang und gäbe. Außerdem war auch seine Scheinheiligkeit, Papst Leo, ein Bock vor dem Herrn.

Appius legte seinen Arm über Flavius´ Schulter und begann, dessen Hals zu streicheln.

„Nicht jetzt", sagte Flavius. „Gaius kommt!"

Der untersetzte Gaius war das Gegenteil eines griechischen Jünglings – er war fett wie ein trächtiges Schwein und ein Intrigant vor dem Herrn.

„Flavius! Dass Ihr Euch an Deck traut, wundert mich. Es ist doch Eure erste Fahrt auf See!"

Und meine letzte, dachte Flavius.

„Wir werden wohl erst Morgen in Konstantinopel eintreffen. Es wird eng. Das Konzil beginnt am Achten und wir müssen unbedingt vorher mit Kaiser Markian sprechen. Die Berichte sind beunruhigend", sagte Gaius.

Flavius teilte die Befürchtungen der hässlichen Kröte Gaius, gab sich aber zuversichtlich.

„Weder Markian noch die Bischöfe werden es wagen, Rom zu verärgern. Die haben genug zu tun mit Attilas Horden. Sie werden sich nicht noch einen Feind zulegen wollen!"

„Euer Wort in Gottes Ohr. Nun, ich gehe wieder nach unten. Die griechische Luft bekommt mir nicht", sagte Gaius und ging die Treppe hinunter.

„Ach, noch eines: wenn Sie heute Nacht wieder so fleißig arbeiten mit Ihrem Sekretär, dann bitte etwas leiser. Es gibt Menschen, die lieber Gott preisen als fleischlichen Gelüsten nachzugehen!"

Gaius grinste nun auch wie ein Schwein.

„Es gibt verschiedene Wege, dem Herrn zu huldigen", entgegnete Flavius.

„Der Weg führt aber nicht über den Anus eines Jünglings, mein Lieber", sagte Gaius und verschwand.

Flavius kochte, aber Appius umarmte ihn von hinten und flüsterte ihm ins Ohr:

„Der pure Neid. Niemand würde Gaius auch nur mit einem Schürhaken anfassen. Du hingegen bist für dein Alter noch richtig knackig!"

Flavius lachte.

„Ich sollte dich auspeitschen lassen!"

„Aber gerne", antwortete Appius.

2

Mykonos in der Gegenwart.

I ch hoffe, es freut Sie zu hören, dass der Metro-
polit persönlich zur Wiedereröffnung der
Bischofskirche kommt. Das wird für die Insel ein
Freudentag", sagte Pater Nikolaos.
Bürgermeister und Kommissar Angelos Nikakis
grinste.
„Unter einem Freudentag stelle ich mir etwas
anderes vor!"
Der Pater lachte.
„Bitte keine Details. Ich habe gehört, es ist wieder
eine arme, verirrte Seele in den klebrigen Honig-
topf des Bürgermeisters getappt?"
„Erstens war ich das Opfer. Zweitens heißt die
Seele Yariv. Und Drittens: nein, ich schäme mich
nicht. Liebe ist kein Verbrechen. Nicht, wenn man
ehrlich zu allen ist", knurrte Angelos, der Pater
Nikolaos mochte, trotz der Tatsache, dass Angelos
Nikakis mit Religion nichts am Hut hatte.
„Yariv? Klingt nach Jude!"
„Er ist Grieche jüdischen Glaubens. Aber nicht
praktizierend. Sie kommen mir jetzt aber nicht mit
der unsäglichen Geschichte von den Jesus-
mördern. Mein Jude ist friedlich, außer nachts,
wenn …!"
„Stopp! Darf ich den Herrn Bürgermeister an das
siebte Gebot erinnern?"
Angelos grinste.

„Was ist das nochmal? Sex nur mit Kondom?"
Nikolaos lachte.

„Und was sagt Ihr Mann dazu?"
Angelos seufzte.

„Anfangs hatte er nichts dagegen und erkannt, dass ich mich in einer Notlage befinde. Er wollte mir helfen und mir keine Vorhaltungen machen, wenn ich ehrlich bin. Und das war ich. Er wusste über jedes Gespräch Bescheid. Aber es kam dann doch zum großen Knall!

„Warum probieren Sie es nicht zu dritt?", fragte Nikolaos mit schelmischem Grinsen.

„Ein solcher Vorschlag aus Ihrem Mund? Ich bin entsetzt!"
Angelos amüsierte sich prächtig.

„Ich neige zu Pragmatismus. Außerdem belehren orthodoxe Priester nicht. Das überlasse ich dem katholischen Kollegen!"
Den Angelos nicht leiden konnte.

„Ich liebe zwei Menschen. Meinen Mann und Yariv. Für jeden der beiden ist ein Topf Liebe da!"

„Sind Sie sicher, dass in dem Topf Liebe ist und nicht etwas anderes?", fragte Nikolaos grinsend.

„Hochwürden, Ihr kommt ins Fegefeuer und ich werde der Heizer", sagte Angelos lachend.

„Fegefeuer gibt es bei uns nicht. Liegt wahrscheinlich daran, dass es bei uns schon heiß genug ist!"

„Wie geht es denn Ihrer Frau?", fragte Angelos, der wusste, dass dies Pater Nikolaos Achillesverse war.

Der Pater holte tief Luft.

„Leider gut. Sie kennen sie ja. Sie redet den ganzen Tag!"

„Wechseln Sie doch die Seite", schlug Angelos vor.

Der Pater lachte.

„Wenn Sie mir jetzt einen Einführungskurs geben wollen, muss ich dankend ablehnen. Ich hoffe eher auf das Paradies mit den 70 Jungfrauen!"

„Äh, Pater, das ist die andere Abteilung in Mekka. Sie sollten über einen Wechsel nachdenken. In arabischen Ländern haben Frauen einen Schalldämpfer vor dem Mund und generell wenig zu sagen!"

„Nicht das Dümmste. Aber zurück zu unserem hohen Besuch. Ich hätte noch eine Bitte!"

„Ich höre?"

„Es wäre nett, wenn Sie an dem Tag kein Muskelshirt anziehen würden. Und vor allem keine Jeans, die mehr offenbart als bedeckt!"

„Meine Jeans ist eine Offenbarung? Das höre ich gerne. Aber warten Sie. GABRIEL!"

Kurz darauf kam Gabriel in das Dienstzimmer gerollt.

„Was ist. Schöner?"

Nikolaos grinste.

„Findest du meinen Aufzug zu leger für den Herrn Oberbischof?"

„Äh. Sagen wir es so: an diesem Tag wird schon genug beflaggt. Da braucht es keinen zusätzlichen Mast!"

Pater Nikolaos lachte laut los, Angelos hingegen fletschte die Zähne.

„Ihr könnt mich mal. Also gut. Keusche Kleidung. Und jetzt raus mit euch!"

3

7. Oktober 467, Konstantinopel

Dass die Audienz unter einem schlechten Stern stand, wusste Flavius bereits, als die Wächter das Trio in den Thronsaal führte und nicht in die Bibliothek. Im Thronsaal wird verkündet, in der Bibliothek geredet und verhandelt.

Der Imperator Caesar Markian lümmelte sich in seinem Thron, auch dies kein Zeichen von Respekt oder Wohlwollen.

Doch er lächelte, als er Flavius, Appius und Gaius sah.

„Ich grüße die Weitgereisten. Ich hörte, der Meltemi hat euch rückwärts geblasen?"

„Ja, Imperator. Winde aus Russland sind selten angenehm. Das gilt für die natürlichen wie die geistigen", setzte Flavius die erste Spitze.

„Es ist zumindest ein frischer Wind. Er lüftet durch. Er fegt das Alte, das Muffige aus den Straßen und Gassen. Meines Wissens ist es in Rom meist windstill!", gab Markian zurück und grinste.

„In der Tat. Und das ist gut so. Wind reinigt nicht nur, oft führt er Unrat und Verderben mit sich. Im Übrigen ist Beständigkeit ein hohes Gut. Die Grundvoraussetzung für ein Leben in Frieden. Und das liegt doch sicher in Ihrem Interesse, Imperator!"

Markian grinste. Hätte in Konstantinopel Beständigkeit geherrscht, wäre ich nie auf den Thron gelangt. Im Chaos des Interregnums habe ich zugegriffen und ich gedenke, diesen Thron bis zum letzten Tropfen Blut zu verteidigen.

„Nun, Flavius, verzeiht mir meine Direktheit, aber der zähe Nebel des Eingefahrenen scheint mir die Ursache für die momentane Schwäche Roms zu sein. Das Reich ist ein siechender Leichnam!"

Damit hast du verdammt recht, dachte Flavius. Aber nur ein Römer dürfte dies sagen. Ganz bestimmt kein dahergelaufener Soldat zweifelhafter Abstammung. Markian war vor dem Thronraub nicht einmal Zenturio gewesen. Ein mazedonischer Bauer, aber Flavius verkniff sich eine Antwort.

„Nun denn, was hat mir Papst Leo denn mitzuteilen?", fragte Markian.

Er ließ den obligatorischen Zusatz „Seine Heiligkeit" weg – kein gutes Zeichen.

„SEINE HEILIGKEIT … ", begann Flavius mit starker Stimme, … ist irritiert über gewisse Nachrichten aus den östlichen Gefilden des Reiches!"

„Diese Gefilde sind ein eigenständiges Imperium. Es wird Zeit, dass man dies in Rom begreift", knurrte Markian.

„Es geht in dem Konzil doch nicht um Territorien, sondern um das, was uns verbindet: den Glauben!"

Markian grinste permanent.

Hier ist etwas im Gange, was mir bestimmt nicht gefällt. Und dem Hurenbock in Rom erst recht nicht, dachte Flavius.

„Ein Konzil wird einberufen, um Fragen des Glaubens zu erörtern und dann mit Hilfe des Heiligen Geistes zu klären. Ich verstehe die Bedenken Leos nicht!"

Jetzt sind wir schon beim Vornamen, dachte der fette Gaius.

„Weil Sie den Heiligen Geist ansprechen, Imperator: für unsere Kirche ist Gott das Allumspannende!"

„EURE KIRCHE? Ich wusste nicht, dass die Kirche und der Glauben Rom gehören", sagte Markian spitz.

„Gott, Jesu und der Heilige Geist können nicht gleichrangig sein", sagte Flavius empört.

„Wieso denn nicht? Die Trinität ist eine Einheit. Der Gedanke erscheint mir logisch, aber auch hier gilt: das Konzil wird beraten und dann entscheiden!"

„Ein Konzil im Osten spricht nicht für das ganze Reich", protestierte Gaius.

„Hüte deine Zunge, Gaius! Ein Konzil mit 400 Bischöfen kann nicht irren", sagte Markian.

Na, da könnte ich dir Dutzende Gegenbeispiele liefern, dachte Flavius.

Markian beschloss, das Leiden zu verlängern.

„Ich hoffe, Ihr seid mit der Wahl des Ortes zufrieden. Chalkedon bietet alle Annehmlichkeiten, die Abgesandte Leos schätzen!"

Beim letzten Satz starrte er Appius an, der prompt rot anlief.

Chalkedon ist ein Drecksloch, dachte Flavius.

„Noch eines: es gibt Gerüchte, dass einige verirrte Seelen das Primat des Papstes auf die Tagesordnung setzen wollen. Ich bin mir sicher, dass der Imperator dies zu verhindern weiß!"

JETZT holte Markian zum vernichtenden Schlag aus.

„Im Gegenteil: es ist von mir auf die Liste der Themen gesetzt worden!"

Das Trio aus Rom schaute sich entsetzt an.

„Imperator, das wäre ein Verrat an der Kirche!"

„An wessen Kirche? Der römischen? Es wird Zeit, dass manches hinterfragt und auch geändert wird. Meltemi – Frischer Wind!"

„Nun, ich gehe davon aus, dass keiner der Bischöfe diesen Verrat an Gott billigen wird", sagte Flavius überzeugt.

Markian fing an zu lachen. So laut, dass es ihm Thronsaal zu einem Echo kam.

„Flavius. Während Ihr in Eurem Kahn seekrank geworden seid, habe ich den Großteil der Bischöfe in den Palast eingeladen und mit ihnen gesprochen. Fast alle haben mir zugestimmt, dass nur die Bischöfe des Ostens über die Kirche des Ostens entscheiden dürfen!"

„EINE SPALTUNG? EIN SCHISMA? IHR VERGEHT EUCH AN EUREM GLAUBEN", schrie Flavius.

„Ich will das überhört haben. Andernfalls seid Ihr mein Ehrengast beim nächsten Zirkustag!"

„Ich kann es nicht glauben, dass Ihr eine ausreichende Menge von Bischöfen gewonnen habt, um einen Beschluss zu fassen, der die Rechte Seiner Heiligkeit beschneidet", rief Flavius.

„Welche Heiligkeit? Ab morgen heißt der Mann nur noch Leo. Ein Römer wie Tausende andere auch. Sein Krönchen kann er mitnehmen!" Markian lachte.

„Und wie ich sie gewonnen habe? Das erkläre ich Euch gerne. Jeder Bischof erhält Steuerfreiheit auf Lebenszeit. Dazu eine jährliche Apanage, obwohl sich manche der Gauner schon am Vermögen ihrer Seelen vergriffen haben. Besonders Widerspenstige hatten das Vergnügen, mit dem Keller des Palastes Bekanntschaft zu machen. Die Herren waren teilweise sehr übergewichtig. Dank meiner Palastkur können sie nun wieder aufrecht gehen. Fünf jedoch haben den letzten Gang angetreten, aber ich bin sicher, der Allmächtige wird ihnen Trost spenden!"

Markian genoss jeden Satz. Dann setzte er zum Todesstoß an:

„Ihr werdet an dem Konzil teilnehmen und zustimmen. Ansonsten fährt Euer Schiff ohne Euch zurück! Ihr könnt gehen!"

4

13. Oktober 467, Ägäis
14 Uhr 35

Flavius stand an der Reling und starrte Richtung Süden. Wieder pfiff der Wind, aber diesmal sorgte er für so viel Fahrt, dass die Ruderer die Arbeit einstellen konnten.

Das Konzil war ein einziger Witz. Kaiser Markian hatte das Drehbuch minutiös verfasst und seine Frau, die Kaiserin, hat sich als Vorsitzende penibel daran gehalten. Unsere Gespräche mit den Bischöfen waren samt und sonders erfolglos. Der schnöde Mammon hatte entschieden, Nach außen taten die Bischöfe so, als ginge es ihnen um die unwichtige Frage, wer wo in der theologischen Hierarchie steht. Gott oder die Trinität. Nun, alle drei haben bestimmt rotiert angesichts der unchristlichen Vorgehensweise. Rom war sicher auch keine reine Stadt im christlichen Sinne, aber gewisse Grundprinzipien standen nicht zur Disposition.

Seine Heiligkeit würde toben und Markian exkommunizieren, was diesen aber nicht kümmern würde. Als Oberhaupt der Ost-Kirche würde er mit Leo genauso verfahren.

Es war der vielleicht schändlichste Tag in der Geschichte der Christenheit. Kurz dachte Flavius an das riesige Vermögen, das nun Markian gehören würde und an die Steuereinnahmen, die Rom nun fehlen würden.

Eine gespaltene Kirche. Und dies in einer Zeit, in der Europa von Attila heimgesucht wird und Einigkeit dringend geboten wäre.

Schreib einen Bericht, solange du dich an den genauen Wortlaut des Gesprächs noch erinnerst, hatte Appius in der Nacht gesagt.

Trotz des Scheiterns seiner Mission gab sich Flavius seinem Jüngling hin und schrieb frisch gestärkt seinen Rapport. Er ließ ihn von Appius und Gaius gegenzeichnen.

Flavius hatte die Rolle gerade in eine Lederhülle gesteckt, als die Galeere auf das erste Riff lief. Der nächste Wellenstoß schleuderte sie gegen die zweite Felsenreihe im Meer und Flavius wurde von zersplittertem Holz durchbohrt. Appius und Gaius ertranken.

Die Kiste mit der Rolle schwamm zwischen den Felsen, wurde aber mit jeder Welle näher an Land gespült.

Dort wurde sie 1922 gefunden, in erstaunlich gutem Zustand. Kein Wunder, den Delos war seit 1500 Jahren unbewohnt.

Die Rolle landete aber nicht in Athen, sondern bei einem Antiquitätenhändler in Smyrna – oder Izmir, wo sie noch Jahrzehnte herumlag, da der Besitzer deren Wert nicht erkannte, was wohl auch daran lag, dass der Mann weder Griechisch noch Latein lesen konnte. Erst der Ur-ur-Enkel erkannte aufgrund seiner akademischen Ausbildung den Wert.

Und so sorgte der Brief 1569 Jahre, nachdem er verfasst wurde, für turbulente Ereignisse auf einer Insel, die in der Antike keinerlei Rolle spielte. Sinnigerweise nur zwei Kilometer von der Unglücksstelle vor Delos entfernt, musste sich Kommissar Angelos Nikakis mit Religionsge-schichte beschäftigen.

Ein Thema, das ihn nun wirklich nicht interessierte.

Denn: er war frisch verliebt.

Nein: er war einem anderen Mann total verfallen.

5

In der Villa Maximos, dem Amtssitz des griechischen Ministerpräsidenten, saß Antonis Migiakis in seinem Sessel und hatte auf Durch-zug geschalten. Am Kabinettstisch stritten sich die Minister der Koalitionsparteien über das Anheben des Rentenalters. Seit Stunden ging es lediglich um eine Differenz von einem Monat, aber keiner gab nach.

Seit sieben Jahren mache ich diesen unsäglichen Job und ich bin es leid. Dieses Land ist unregier-bar, was nicht nur an der Oberschicht liegt, die sich schamlos bedient und Steuerzahlen mit persönlicher Folter gleichsetzt. Vielmehr hat sich dieses Verhalten bis nach unten durchgefressen und so hält sich auch der normale Grieche, wenn irgend möglich, an keine Regel.

Alles was wir hier beschließen, wird schlicht ignoriert oder in der Umsetzung durch den Verwaltungsapparat verwässert.

Ich würde ja zu gerne gehen, aber dann würde mir jemand folgen, der das Land endgültig an die Wand fährt. Momentan berühren wir die Wand nur mit der Nasenspitze.

Plötzlich flog die Türe auf und Eleni kam schnellen Schrittes auf Migiakis zu.

„Seine Heiligkeit möchte Sie dringend sprechen", sagte sie.

„Zum Teufel, welche Heiligkeit?"

„Wie viele Heiligkeiten haben wir denn?"

„Antetokounmpo?", riet Migiakis. Antetokounmpo ist der erfolgreichste Basketballspieler des Landes.

„Sehr witzig. Hieronymus I., Oberhaupt der griechisch-orthodoxen Kirche", sagte Eleni.

Was will der denn hier, dachte Migiakis. Hoffentlich will der nicht auch noch Geld.

„Er kommt hierher?"

„Über was rede ich denn die ganze Zeit?"

Eleni saß seit zwanzig Jahren im Vorzimmer des Premierministers und hatte deren sieben erlebt. Daraus resultierte ein gewisses Nachlassen an Respekt, aber ohne sie lief hier nichts.

„Dann holen Sie mal das beste Geschirr aus dem Schrank und wo zum Teufel ist meine Bibel?", fragte Migiakis.

„Wahrscheinlich haben Sie sie als Kind verloren", sagte Eleni spöttisch.

„Ich werde doch darüber nachdenken, Ihren Posten neu zu besetzen!"

„Mit einem Jüngling, dem sie dann den ganzen Tag auf den Hintern schauen?", erwiderte Eleni. Migiakis grinste.

„Wann schwebt seine Heiligkeit heran?"

„In zehn Minuten. In Ihrem Büro steht alles schon bereit!"

Es wurden zwanzig Minuten, bis seine Heiligkeit durch die Türe gerauscht kam, in vollem Ornat. Und das bei 42 Grad.

„Ich grüße Sie, Exzellenz, und danke Ihnen für Ihre Bereitschaft mich sofort zu empfangen!"

Ich wurde nicht gefragt, hätte Migiakis am Liebsten gesagt.

„Bitte nehmen Sie doch Platz, Eure Heiligkeit!"

„Lassen wir den Titel bitte weg, sonst werden wir nie fertig. Im Übrigen bin ich nur ein Bischof unter vielen. Wir sind ja keine Katholiken", sagte Hieronymus.

„Herr Premierminister, ich brauche einen vermeintlich privaten Rat!"

Migiakis überlegte, ob dies nicht ein Widerspruch in sich ist.

„Gerne!"

„Es geht um eine heikle Angelegenheit, die unsere geliebte Kirche bedroht!"

„Unsere Kirche ist 1500 Jahre alt. Was soll sie denn bedrohen? Eine türkische Invasion?", fragte Migiakis.

„Nein, schlimmer. Ich brauche eine vertrauens-
würdige Person für Ermittlungen. Diese Person
muss absolut verschwiegen sein – und natürlich
kompetent!"

„Eine Art Kommissar oder Agent, verstehe ich Sie
richtig?"

„Exakt!"

„Angelos Nikakis. Kommissar auf Mykonos. Er ist
unbestechlich, verschwiegen, neigt aber zu
ungewöhnlichen Fahndungsmethoden, die
außerhalb jeglichen Rechts stehen! Aber er ist ein
guter Freund"

„Das entspricht genau dem Profil, das mir
vorschwebt", sagte Hieronymus.

„Es gibt nur ein Problem. Nikakis ist schwul und hat
zwei Männer. Einer davon ist Moslem, der andere
Jude!"

Hieronymus zog eine Augenbraue hoch.

„Willkommen im 21. Jahrhundert", sagte er.

„Aber wenn er gut ist …"

„Ich würde ihm mein Leben anvertrauen!"

„Gut. Ich werde nächste Woche ohnehin auf
Mykonos sein, um die renovierte Bischofskirche
neu zu segnen. Dann mache ich einen Termin!"

Migiakis schüttelte den Kopf.

„Das brauchen Sie nicht. Er ist auch Bürgermeister
und deswegen sicherlich anwesend!"

„Wie günstig", sagte der Metropolit.

„Aber eines muss ich ihn noch sagen. Mit
Autoritäten hat Nikakis ein Problem. In
Gesprächen nennt er mich mitunter ‚Idiot' und

‚Doofkopf', was aber unserer Freundschaft keinen Abbruch tut!"

Hieronymus lächelte.

„Genau der richtige Mann!"

„Wollen Sie mir nicht sagen, um was es geht?"

Hieronymus druckste herum.

„Wird hier aufgezeichnet oder abgehört?"

Gute Frage, dachte Migiakis.

„Machen wir doch einen Spaziergang im Garten!"

6

Mykonos, Ornos

Kommissar und Bürgermeister Angelos Nikakis atmete heftig.

Heiliger Gott, das war keine Leidenschaft, das war die pure Raserei. Was ist nur los mit mir? Die Stimme im Kopf lachte. Du bist verliebt, vernarrt und daher nicht mehr Herr deiner Sinne – und deines Unterleibs.

„D-du .. hast mich fast .. geviertelt", hörte er Yariv sagen.

Yariv Markaris, Objekt der Begierde. Kommissar aus Athen, also quasi ein Kollege, 28, bis vor kurzem noch hetero.

„Es tut mir leid. Ich hab mich nicht mehr unter Kontrolle", sagte Angelos – und hörte Yariv lachen.

„Reingefallen, Großer. Ich möchte noch öfters gevierteilt werden", sagte Yariv und küsste Angelos auf die Backe.

„Noch öfter? Dann sind wir in vier Wochen tot", antwortete Angelos und grinste.

„Dann steht auf unseren Totenscheinen ‚Totgevögelt'. Sicher ´ne Premiere", meinte Yariv.

„Bist du glücklich? Allgemein, nicht nur wegen …", fragte Angelos.

„Bitte stell mir diese Frage nicht jeden Tag. Du hast doch Augen! Du siehst, dass ich das Glück auf zwei Beinen bin. Es kommt mir vor wie ein Traum – aber es ist keiner!"

Sechs Wochen war es jetzt her, dass Angelos und Yariv in das kleine Haus in Ornos gezogen waren. Und noch immer standen haufenweise Kartons im Gang. Die Herren kamen schlicht nicht dazu, denn Yariv hatte viel nachzuholen und Angelos konnte sich an ihm nicht sattsehen.

Pechschwarzes, gelocktes Haar, schwarze Mandelaugen, Drei-Tages-Bart und der perfekte Körper.

Angelos legte sich auf Yariv und streichelte ihm durchs Haar.

„Schon wieder?", fragte Yariv grinsend.

„Nein, Kleiner. Nur Kuscheln!"

Kurz huschte ein ernster Blick über Angelos´ Gesicht.

„Keine Sorge. Ich werde dich nie verlassen!"

„Das habe ich Alex und Khaled auch immer gesagt. Passiert ist es trotzdem!"

„Das ist nicht das Gleiche. Du hast beide mit angezogener Handbremse geliebt, weil du es nicht anders kanntest. Fallen gelassen hast du dich erst bei mir!"

„Bei mir stimmt irgendetwas nicht. Ich war noch nie so verliebt und so glücklich. Und dennoch ..."

„Angelos Nikakis und Angst? Ganz was Neues", sagte Yariv grinsend und setzte seine schärfste Waffe ein: den Hundeblick bei gleichzeitigem Drehen der Locke, die ihm immer in die Stirn fiel. Angelos lachte.

„Damit kriegst du wirklich jeden rum!"

„Will ich aber nicht. mach ich auch nur für dich!" Plötzlich lachte er auf.

„Was ist?"

„Ich musste nur daran denken, was denn Seine Heiligkeit sagen würde, könnte er den Herrn Bürgermeister so sehen!", sagte Yariv und streichelte Angelos über die Brust.

„Erinnere mich nicht daran", knurrte Angelos. Der Besuch des Metropoliten stand übermorgen an.

„Er wird dich hoffentlich nicht bekehren", sagte Yariv, ließ seine Hand tiefer gleiten und grinste.

„Aber ich spüre, das würde nicht klappen!"

„Irgendwann lege ich dir Handsch .., vergiss es, das ist ja keine Drohung!"

Yariv lachte.

„Übrigens gehst du mit", sagte Angelos.

„BITTE?"

„Natürlich. Du bist mein Mann … nein, mein Lebensabschnitts .., nein, das Wort ist mir zu lang. Was bist du eigentlich?", fragte Angelos.

"Wie wäre es mit ‚meine große Liebe'?", schlug Yariv vor.

„Danke. Genau das trifft es", sagte Angelos lächelnd.

„Meinst du, dass es eine gute Idee ist, wenn ich mitkomme? Manche nehmen dir übel, dich von Khaled getrennt zu haben und dann bin ich auch noch Jude, wenn auch nur auf dem Papier!"

„Ich brauche mich für Gefühle nicht entschuldigen. Und ich werde einen Teufel tun, und dich verstecken. Du stehst sichtbar an meiner Seite und seine Heiligkeit schüttelt dir freundlich die Hand, oder er kann gleich wieder mit dem Tretboot zurück nach Athen fahren", sagte Angelos.

Yariv lachte.

„Das war jetzt wieder der alte Angelos Nikakis!"

7

In den meisten Kirchen gibt es ein Oberhaupt. Dieses ist in der Regel zuständig für die spirituellen und theologischen Fragen sowie für PR-Auftritte, wie Open-Air-Gottesdienste vor

Tausenden oder Audienzen von Atheisten gerne genannt werden.

Eine Art Mischung aus gütigem Vater und wohlwollendem Lehrer.

Doch natürlich steht dahinter immer eine sehr weltliche Riege, die das Messgewand nur als Dekoration trägt und sich um Profaneres kümmert: Geld, Politik und Macht – denn mit derlei anrüchigen Themen soll sich das Oberhaupt nicht abgeben, damit auf ihn kein Schatten fällt, sollte etwas nicht ganz koscher sein.

Zu dieser mondänen Riege gehörte der Privatsekretär von Hieronymus I., Giorgos Seferis. Sein kleiner Wuchs stand in krassem Gegensatz zu seiner wahren Macht. Zeitgenossen, die ihm nicht wohlgesonnen waren, nannten ihn ‚Pontifex corruptus' oder den „Einflüsterer".

Aber damit taten sie ihm Unrecht. Sein ganzes Leben war von grenzenloser Loyalität gegenüber dem jeweiligen Metropoliten und der orthodoxen Kirche gezeichnet. Jeder, der „seiner" Kirche schaden wollte, bekam es mit ihm zu tun und viele unterschätzten den kleinen Mann.

Giorgos Seferis saß unter Deck der Yacht, die dem jeweiligen Oberbischof zur Verfügung stand.

Nach seiner Wahl wollte Hieronymus das luxuriöse Boot verkaufen, um ein Zeichen zu setzen.

Mehrere Fahrten mit einer Fähre hatten ihn eines Besseren belehrt.

„Doch um einiges bequemer", stellte Giorgos befriedigt fest. „Die Kirche muss glänzen, auf jedem Gebiet", lautete sein Argument, mit dem er letztlich den Verkauf verhinderte.

„Ihr habt wie immer Recht", sagte Hieronymus. „Dann wäre es mir sehr recht, wenn Sie Ihre Entscheidung noch einmal überdenken. Der Mann ist ein Sodomit, lebt mit zwei Männern und einer seiner Freunde ist ein Drogenhändler!"

„Ich weiß. Auch ich habe das Dossier gelesen. Ich finde, Herr Nikakis hat für viele Probleme praktische, wenn auch unorthodoxe Lösungen!"

„Unorthodox ist das treffende Wort", knurrte der Sekretär.

„Außerdem hat mir Pater Nikolaos versichert, dass Nikakis der erste Bürgermeister ist, der nicht in die eigene Tasche wirtschaftet und die Nöte der kleinen Leute ernstnimmt!"

„Pater Nikolaos wird doch nicht …", begann Giorgos mit vor Schreck geweiteten Augen. Hieronymus lachte.

„Ach was. Auch wenn ich es verstehen würde. Seine Frau ist wirklich eine Strafe des Herrn. Für was, weiß auch ich nicht!"

„Eure Heiligkeit, es sind nur noch drei Stunden bis Mykonos und nur noch eineinhalb Tage, bis die Frist abläuft!"

„Als ob ich das nicht wüsste. Und erklären Sie mir jetzt bitte nicht, dass die Angelegenheit alles zerstören könnte – das weiß ich selbst!"

„Wir müssen dieses Ding vernichten oder zumindest in unseren Besitz bringen, koste es, was es wolle!"

„Und sicher haben Sie den entsprechenden Betrag Ihrem Reptilienfonds bereits entnommen!"
„Natürlich. Auch wenn ich diese …"
„Achtet auf Eure Wortwahl!"
„ … Kriminellen am Liebsten in der Ägäis versenken würde!"
Hieronymus lachte.
„Vielleicht haben wir ja Glück und unser Kommissar findet einen dritten Weg!"
Giorgos seufzte.
„Na bravo. Die Kirche wird von einem schwulen Polygamisten gerettet!"
„Willkommen im 21. Jahrhundert!"

8

Athen, zeitgleich

Panos Roidis stand vor Agios Dionysios, der katholischen Bistumskirche in Athen und blickte nach oben. Sie ist zwar klein, aber ein Schmuckstück. Purer Klassizismus, erbaut von Leon von Klenze, damals, als ein Bayer über Griechenland herrschte.
Er seufzte.
Sein oberster Dienstherr, Kardinal Mendez, hatte keinen Blick für die Schönheit des Kirchenhauses.

Dorfkirche. So lautete sein erster Kommentar, als er seine neue Wirkungsstätte zum ersten Male sah. Roidis ging gemächlichen Schrittes durch das Kirchenschiff.

Er war der Sekretär des Kardinals und hatte in den letzten fünf Jahren nichts anderes getan, als die Fehler seines allzu weltlichen Herrn auszubügeln. Mendez war anzusehen, dass er die Versetzung nach Athen als Strafmission ansah. Der afrikanische Busch wäre ihm lieber gewesen.

In Griechenland war die katholische Religion eine Sekte. Mendez war das Oberhaupt von gerade mal 6.000 Gläubigen. Jeder italienische Dorfpfarrer besaß mehr Seelen – und eine größere Kirche. Besonders sauer stieß dem Kardinal auf, dass die Kirche auch noch arm war. Dem Luxus, den er von seiner Stellung in der Kurie gewohnt war, wollte er nicht entsagen. Sein Dienstwagen war ein 20 Jahre alter Peugeot.

Mendez war permanent gereizt und sann auf Rache. Es waren sicher die fortschrittlichen Kräfte, die ihn aus Rom in die Verbannung schickten. Ihn, den wahren Bewahrer des Glaubens, den kompromisslosen Verfechter der reinen Lehre. Und jetzt, nach fünf Jahren, bot sich endlich eine Gelegenheit, es den Abtrünnigen der orthodoxen Kirche zu zeigen. Den Vertretern der Russenkirche, wie Mendez sie immer nannte.

Sein Sekretär sah keinen unüberbrückbaren Gegensatz zwischen Katholiken und Orthodoxen. Roidis hatte versucht, ein Vertrauensverhältnis zu den Glaubensbrüdern aufzubauen. Hieronymus war ein bescheidener, strenggläubiger Christ und nur das zählte. Er mochte keinen Luxus und erst recht keine Privilegien. Mitunter fährt er sogar mit der U-Bahn, was sich Roidis bei Mendez nicht vorstellen konnte – oder nur unter Maßgabe, dass ein kompletter Waggon für ihn geräumt wird.

Ein mittelamerikanischer Bauer im Höhenrausch, das war Mendez.

Roidis ging zu den Treppen, die in die Krypta führten, um dort vor dem Bildnis der Mutter Gottes zu beten. Und er musste viel und lange beten, denn die letzte Auseinandersetzung hatte ihm jegliche Illusion über den Charakter dieses Mannes geraubt.

„Sie tun gefälligst, was ich Ihnen sage", hatte ihn der Kardinal angeschrien.

„Das ist ein Affront gegenüber unseren Glaubens-brüdern!"

„Das sind nicht unserer Brüder. Sie sind Verräter. Verräter im eigenen Haus! Das sind mir Moslems lieber. Da weiß man: das ist unser Gegner. Aber die anderen halten sich für die ursprüngliche Kirche. Ein Treppenwitz!"

„Bedenkt, was passiert, wenn ruchbar wird, dass wir in diesen kriminellen Vorgang involviert sind. Die Orthodoxie wird toben und viele unserer wenigen Schäfchen werden konvertieren!"

„Umso besser. Dann bleiben nur die, die wirklich an unsere Sache glauben. Manchmal ist eine kleine Elite besser als eine große Masse", brüllte Mendez und wurde immer lauter.

„Und ich gedenke den Befehlen aus Rom zu folgen und Ihnen empfehle ich das Gleiche!"

„Die Befehle kommen zwar aus Rom, aber nicht vom Stellvertreter Christi!"

„Der Stellvertreter kann mich mal. Er ist eine Marionette der sogenannten Progressiven. Aber Roidis, ich sage Ihnen, es ist für uns alle – und für Sie – besser, wenn wir den Teilen der Kurie folgen, die die Mutter Kirche wieder zu Glanz führen wollen!"

Besonders für dich, dachte Roidis. Dienstwagen, Luxusvilla, Yacht.

„Sie werden meinen Anweisungen folgen!"

„Das kann ich mit meinem Gewissen nicht vereinbaren. Ich stelle meinen Posten zur Verfügung. Für kriminelle Machenschaften bin ich nicht zu haben!"

Roidis kniete vor dem Bildnis Marias.

Gnädige Mutter, hilf mir! Was soll ich tun? Ich möchte mich nicht schuldig machen und das bin ich jetzt schon, allein durch mein Wissen. Ich kann nicht nach Mykonos fahren und Teil einer Aktion sein, die zutiefst kriminell ist.

„Bitte sende mir ein Zeichen", flehte Roidis.

„Hier ist dein Zeichen", sagte eine Stimme hinter ihm.

Und jagte ihm eine Kugel in den Kopf.

9

Mykonos, Ornos

Angelos Nikakis besah sich im Spiegel. Schwarze Anzughose und weißes Leinenhemd. Doch nicht so schlimm wie erwartet, dachte Angelos, dem Jeans und weißes Muskelshirt zur zweiten Haut geworden waren.

„Großer, bist du soweit?", rief Yariv von draußen, kam aber dann ins Schlafzimmer.

„Grundgütiger, siehst du scharf aus", presste er hervor und umarmte Angelos von hinten.

„Endlich eine Hose mit Platz", flüsterte er Angelos ins Ohr.

„Finger weg", sagte Angelos, aber es war schon passiert.

„Oops, ich weiß nicht, ob sich Seine Heiligkeit *darüber* freut. Aber vielleicht hält er ihn für den Wegweiser zur Kirche!" Yariv lachte laut los.

„Vielen Dank, du … was mach ich denn jetzt?" Yariv grinste.

„Ich helfe dir", sagte er und kniete sich hin.

„Keine Flecken auf die Hose", knurrte Angelos.

„Als ob ich einen Tropfen vergeuden würde", antwortete Yariv.

„Für jemand, der vor sechs Wochen noch hetero war … Himmel!"

„ … hab ich schnell gelernt, nicht wahr?"

Aber Angelos konnte nur noch nicken.

Zehn Minuten später saßen die beiden im Wagen, auf dem Weg zum neuen Hafen. Seine Heiligkeit sollte dort anlegen, der Bürgermeister zusteigen und dann ging es weiter zur Promenade, wo die begeisterte Menge warten würde, so der Plan von Hieronymus´ Sekretär.

„Aber gewöhne dich nicht wieder an das Yacht fahren. Die Zeiten sind vorbei", sagte Yariv.

Stimmt, dachte Angelos. Es war Khaleds Yacht. Aber ich vermisse diesen Luxus keine Sekunde. Mit dem eigenen Jet zum Friseur nach Istanbul. Man darf es niemandem erzählen.

„Zumindest fliege ich nicht zum Friseur nach Istanbul", bemerkte Yariv.

„Hör sofort auf mit dem Gedankenlesen. Das macht mir Angst", sagte Angelos grinsend. „Du machst dich immer breiter in mir. Und wehe, du lässt dir jemals eine andere Frisur verpassen!"

„Ah. Du magst das, nicht?"

Es folgte Yarivs Hundeblick und das Drehen der Locke.

Angelos seufzte.

„Ich brauche die Hilfe des Allmächtigen", sagte Angelos.

„Wozu?", fragte Yariv.

„Bitte, Yariv. Mach nichts, was mich in Wallung bringt!"

„Ich werde dich schon nicht blamieren. Außer, du stellst mich als ‚Freund' vor", sagte Yariv.

Die Yacht des Metropoliten lief gegen 16.00 Uhr im Hafen ein.

„Gütiger Himmel. Er hat seinen Liebhaber mitgebracht", knurrte Sekretär Seferis.

„Ja und? Wäre er hetero, wäre es ganz normal, wenn der Bürgermeister seine Frau mitbringt", antwortete Hieronymus.

„Die Homoehe wollen Sie aber nicht einführen, oder?", knurrte Seferis.

„Nein. Aber jede Form von Liebe verdient Respekt. Und jetzt lächeln Sie gefälligst!"

Angelos und Yariv gingen an Bord.

„Herzlich Willkommen auf Mykonos, Eure Heiligkeit", sagte Angelos. „Entschuldigen Sie den heftigen Wind. Aber Sie wissen ja: Aiolos, der Gott des Windes, wohnt hier!"

„Es gibt nur einen Gott", knurrte Seferis.

„Hören Sie nicht auf ihn, Herr Nikakis. Er ist chronisch übelgelaunt!"

„Eure Heiligkeit. Darf ich Ihnen meinen Begleiter vorstellen? Yariv Markaris, wie ich Kommissar – und meine große Liebe!"

Hieronymus lächelte und gab Yariv die Hand.

„Sehr erfreut. Ich hoffe, er ist auch Ihre große Liebe", sagte Hieronymus lächelnd.

„Ja. Bis dass der Tod uns scheidet", sagte Yariv.

„Dann wünsche ich Ihnen Gottes Segen!"

Seferis räusperte sich laut, aber Hieronymus winkte nur ab.

„Ich wollte Ihnen danken für die Unterstützung der Gemeinde bei der Renovierung, aber bevor wir zur Kirche fahren, würde ich Sie gerne kurz sprechen!"

Hieronymus zog Angelos beiseite.

„Herr Nikakis. Ich habe ein großes Problem, über das ich mit Ihnen sprechen möchte. Alleine!"

„Solange es kein theologisches Problem ist", antwortete Angelos grinsend.

„Na ja, das Problem ist allumfassend!"

„Natürlich. Im Rathaus im Anschluss an die Zeremonie?", schlug Angelos vor.

Hieronymus druckste herum.

„Es sollte niemand bemerken. Ich habe anschließend Ruhezeit im Kloster in Ano Mera. Ich würde die Kleidung wechseln und dann mit dem Taxi zu Ihnen fahren, wenn es Ihnen genehm ist!"

Angelos zog die Augenbraue hoch.

„Bei uns Zuhause? Heiligkeit, bei uns schaut es aus wie auf einer Baustelle!"

„Auch einer Heiligkeit schadet es nicht, mal auf einer Kiste zu sitzen. Ich möchte nur nicht, dass irgendjemand uns sieht!"

Angelos konnte sich nichts vorstellen, wobei er helfen könnte, sagte aber:

„Selbstverständlich!"

„Sehr schön. Würden Sie mir bitte die Adresse nennen?", fragte Hieronymus.

„Sagen Sie dem Taxifahrer, Sie wollen zum neuen Liebesnest des Bürgermeisters. So nennen die Leute unser Haus!"

Hieronymus lachte.

10

Mykonos, Uferpromenade

Es war tatsächlich eine große Menge zugegen, als die Yacht an der Mole neben dem Rathaus festmachte. Die Menschen klatschten, als Hieronymus – gefolgt von Angelos und Yariv – an Land ging.

Ganz hinten, mit Basecap und Sonnenbrille, stand Khaled Nikakis, Noch-Ehemann von Angelos. Er hatte registriert, wie der Metropolit sich mit Angelos und Yariv unterhielt und dabei lachte. Wieder jemand, der sich von der jovialen Art von Angelos innerhalb weniger Augenblicke hatte einfangen lassen.

Khaled hatte mit allem gerechnet, aber nicht damit, dass Angelos Yariv zu diesem Event mitnehmen würde. Er präsentiert ihn öffentlich, dachte Khaled.

Seine Gefühle waren zwiespältig. Einerseits konnte er Angelos keinen Vorwurf machen. Er hatte sich nun mal verliebt und Khaled hatte sofort bemerkt, dass Angelos´ Liebe zu Yariv anders war. Und wie es bei Verliebten nun einmal ist: sie können nicht mehr klar denken. Dennoch hätte ich nicht gedacht, dass er mich verlässt. Aber ganz unschuldig war ich nicht. Mein Wutausbruch in Yarivs Wohnung hatte Angelos den anderen Khaled sehen lassen.

Sechs Wochen war nun dieses Gespräch her, das Khaleds Leben verändert hatte. Er hatte es schon in Angelos´ Gesicht sehen können.

„Es war alles nur gespielt, nicht wahr? Das Verständnis, die Toleranz und dein Angebot, mir zu helfen. Ich war ehrlich zu dir – aber du nicht zu mir", sagte Angelos, als sie am Küchentisch saßen. „Aber eines vorweg: ich werde mich nicht scheiden lassen und Yariv auch nicht heiraten. Es funktioniert einfach nicht. Ich bin für die Ehe nicht geschaffen. Ohne Scheidung behältst du dein Aufenthaltsrecht und du kannst auch sonst alles behalten – das meiste gehört ja ohnehin dir. Wenn es dir hilft, schieb die Schuld auf mich. Ich hätte nach Alex eine Denkpause einlegen sollen. Wahrscheinlich wollte ich nicht allein sein. Ich liebe dich, aber erst bei Yariv habe ich gemerkt, dass ich viel stärker lieben kann!"

„Ich habe alles für dich aufgegeben", sagte Khaled.

„Nein, Khaled. Du hast nichts aufgegeben, was du nicht ohnehin loswerden wolltest. Ich war nur die Gelegenheit. Du wolltest nie Kronprinz oder Emir sein. Du konntest deine Familie nicht leiden. Wenn ich nur dran denke, wie du deinen Bruder behandelt hast. Nein, aufgegeben hast du nichts. Den Luxus aber – auf den wolltest du nicht verzichten. *Ich* habe mein altes Leben zurückgelassen. Mir hat Geld oder Luxus nie etwas bedeutet!"

„Und lass mich raten, wer dir zu dieser Erkenntnis verholfen hat …"

„Ja und? Wenn man etwas selbst nicht erkennt, braucht man mitunter die Hilfe eines anderen", antwortete Angelos.

„Der einem dann auch noch den Schwanz lutscht", rutschte es Khaled heraus.

„Mein Gott. Das ist der Khaled aus Yarivs Wohnung", sagte Angelos und schüttelte den Kopf.

„Weißt du noch, was du an jenem Tag über Yariv gesagt hast? Er sei ein verfluchter Psychopath. Ehrlich gesagt …", aber Angelos schluckte den Rest herunter.

„Vielleicht können wir uns darauf einigen, nicht im Streit auseinanderzugehen. Dass du zornig bist, kann ich verstehen. Nicht aber, dass du mir oder Yariv die Schuld gibst. ‚Du brauchst dich nicht zu schämen für Gefühle', waren deine Worte!"

Khaled sagte zunächst nichts.

Nach einer gefühlten Ewigkeit folgte der Satz, der für Angelos alles beendete:

„Dann geh zu deinem verfluchten Juden!"

11

Mykonos, Kloster Ano Mera

In Ano Mera schlüpfte gegen 21.00 Uhr ein älterer Herr in mausgrauem Outfit samt Sonnenbrille aus der Seitentüre des Panagia Tourliani-Klosters, ging nach links, hoch zum großen Parkplatz und stieg in ein Taxi.
Kurz überlegte er, was er sagen sollte.
„Zum Privathaus des Bürgermeisters bitte!"
Der Taxifahrer grinste.
„Also zum neuen Liebesnest in Ornos!"

Zeitgleich versuchten Angelos und Yariv verzweifelt, das Haus halbwegs wohnlich zu gestalten.
„Wir hätten weniger vögeln sollen", sagte Yariv.
„Aha. Und wer ist schuld daran?", fragte Angelos grinsend.
„Als wäre ich der geile Bock von uns beiden. Dazu gehören immer zwei. Kann ich doch nichts dafür, wenn der Herr Bürgermeister schon beim leisesten Lüftchen eine Erektion bekommt", knurrte Yariv.
„Das war keineswegs eine Beschwerde", antwortete Angelos und lachte.
„Danke übrigens, dass du allen gezeigt hast, wer deine neue Liebe ist. Nicht alle haben freundlich geschaut", sagte Yariv.
„Das war bei Khaled genauso. Er war Moslem, du Jude. Leute, die das stört, kann man nicht über-

zeugen. Man kann ihnen nur aufs Maul hauen", antwortete Angelos.

„Dabei bin ich gar kein richtiger Jude", beschwerte sich Yariv.

„Es reicht der Name. Aber es hat sicher geholfen, dass Hieronymus so freundlich zu dir war – und das ohne Hundeblick und Lockedrehen", meinte Angelos.

Er sah durchs Fenster, just als das Taxi vorfuhr. Als Angelos die Türe öffnete, musste er lachen. „Lernt man als Oberbischof Verkleidungstechniken?"

„Für Ausflüge ins normale Leben trainiert man sich manches an", sagte Hieronymus, der ohne Berufskleidung weit weniger imposant wirkte. Klar – das ist ja der Sinn von Talaren, Uniformen und sonstigen pompösen Kleidungsstücken.

„Espresso?", fragte Angelos und schob Hieronymus in die Küche. Yariv saß bereits am Tisch.

„Einen doppelten. Ich kann ohnehin nicht schlafen! Und für die Besprechung würde ich vorschlagen, wir lassen Formalien weg, einverstanden?", fragte Hieronymus.

12

Sie wissen, dass sich die orthodoxe Kirche von der katholischen gelöst hat?"

„Ja, aber ich dachte immer, die Orthodoxen haben sich von Rom und damit der Urkirche verabschiedet", sagte Yariv. „Aber ich bin erstens Jude und zweitens kein Theologe!"

„Das ist die katholische Version. Wir glauben, wir sind die Urkirche!"

„Worin besteht denn der Unterschied, mit Ausnahme, dass Ihr keinen Papst habt?", fragte Angelos.

„Theologisch darin, dass wir Gott, Jesus und den Heiligen Geist für gleichwertig halten!"

„Also mit Gott und Jesus, das verstehe ich noch. Aber mit dem Heiligen Geist haben so manche Probleme. Eine Art Superman, nur unsichtbar?", fragte Yariv.

„Das Bild ist gar nicht so schlecht, junger Mann. Aber Sie haben recht. Die Dreifaltigkeit ist schwer zu erklären, zumindest ohne theologische Ausbildung. Aber das ist nicht das Problem. Es geht um die formale Trennung", sagte Hieronymus.

„Das Konzil von Chalkedon. 451 nach Christi", sagte Angelos.

Hieronymus zog eine Augenbraue hoch.

„Respekt. Für einen Atheisten wissen Sie gut Bescheid!"

„Aber was hat ein Konzil vor 1500 Jahren mit der Gegenwart zu tun?", fragte Yariv.

„Nun. Es geht über den Ablauf des Konzils. Es sollte lediglich ein Treffen der Bischöfe des Ostens werden, auf dem theologische Fragen erörtert werden. Eigentlich harmlos. Rom schickte eine Delegation unter der Leitung des Adligen Flavius nach Chalkedon!"

„Wo zum Teufel ist denn Chalkedon?", fragte Yariv.

„Heute ein Teil von Istanbul", sagte Angelos.

„Aber das Konzil endete im Fiasko. Die Bischöfe des Ostens sagten sich von Rom los und begründeten die orthodoxe Kirche!"

„Klingt nach einer demokratischen Entscheidung. Warum sollten Athen oder Konstantinopel nach Roms Pfeife tanzen?", fragte Yariv.

„Na ja. Für Katholiken gilt das ja heute noch. Da ist die orthodoxe Kirche, aber auch das Judentum weiter. Wir kennen keinen Stellvertreter Christi, noch dazu unfehlbar. Im Grunde bin ich nur ein normaler Bischof. Würde ich eine theologische Sicht für verbindlich erklären, gäbe es einen Aufstand. Zu Recht! Kirchenrechtlich haben Sie nur den Bischof von Athen zu Gast!"

„Ich verstehe immer noch nicht, wie wir helfen könnten", sagte Angelos.

„Der Punkt ist: über den Ablauf des Konzils gibt es keinerlei Aufzeichnungen mehr. Nichts. Ungewöhnlich bei so einer Tragweite und über 400 Bischöfen. Ein Bericht soll der Legende nach von einem der Römer verfasst worden sein!"

„Der aber verschwand, genauso wie der Römer", vermutete Yariv.

„Richtig. Die römische Delegation ist auf dem Rückweg verschwunden. So war die Sachlage – bis vor zwei Wochen", sagte Hieronymus.

„Lassen Sie mich raten: der Bericht ist aufge-taucht", sagte Yariv.

Der Metropolit nickte.

„Zumindest scheint es so. Laut dem Bericht war das ganze Konzil eine Falle des damaligen Kaisers Markian. Er hat im Vorfeld die Bischöfe bedroht, die meisten bestochen. Er wollte eine Loslösung der Kirche von Rom, was einen immensen Machtzuwachs bedeutete. Er hat auch alle Berichte vernichten lassen. Und womöglich auch die römische Delegation ermorden lassen. Letzteres ist aber nur eine Vermutung!"

„Aha. Die orthodoxe Kirche existiert also nur aufgrund von Bestechung. Ich vermute, es wurden einige theologische Punkte als Verschleierung präsentiert", sagte Angelos.

Ja, unter anderem diese unterschiedliche Wertigkeit der Dreifaltigkeit. Aber sehr überzeu-gend war das nicht!"

„Und wo ist dieser Bericht?", fragte Yariv.

„Ich habe ihn noch nicht gesehen. Er wurde uns angeboten!"

„Sie werden erpresst?", brachte es Angelos auf den Punkt und Hieronymus nickte.

„Ja. Natürlich hielten wir es zunächst für einen Witz. Wir haben dann den Absender gebeten, uns einen Teil des Briefes zur Materialprüfung zu schicken, was er auch tat. Es war der untere Teil mit den letzten zwei Textzeilen!"

„Sie haben ein 1500 Jahre altes Pergament zerschneiden lassen? Mein Museumsdirektor bekäme einen Schlaganfall", sagte Angelos. Hieronymus seufzte.

„Die Materialprüfung ergab: das Ding ist echt. Wir haben im engsten Kreis beschlossen, den Erpressern nachzugeben und das Schriftstück zu kaufen!"

„Um dann was damit zu tun? Veröffentlichen wollen Sie es sicher nicht, oder?", fragte Yariv grinsend.

„Sie müssen uns verstehen. Auch wenn das Ganze 1500 Jahre her ist, zerstört es unsere Geschichte. Stellen Sie sich vor: eine Kirche, die nur entstand aufgrund der Bestechlichkeit ihrer Bischöfe!"

„Und im Vatikan würde man jubeln", vermutete Angelos.

„Rechtsansprüche werden sicher nicht geltend gemacht, aber wir könnten unter moralischen Druck geraten, Liegenschaften zurückzugeben. Vom medialen Aufschrei ganz zu schweigen. Und bedenken Sie: die Griechen sind das gläubigste Volk Europas!"

„Was verlangen die Erpresser?", fragte Yariv.

„Fünf Millionen Euro!"

„Das ist doch ein Schnäppchen", sagte Angelos, erntete aber einen bösen Blick.

„Wir sind keine reiche Kirche, Herr Nikakis!"

„Irgendeine Idee, wer dahinterstecken könnte?"

„Kriminelle, wer sonst?"

Yariv begann zu lachen.

„Bei allem Respekt. Glauben Sie wirklich, Kriminelle würden den Wert des Dokumentes erkennen?"

„Wer sollte es denn sonst sein?", fragte Hieronymus., aber Yariv verkniff sich die Antwort.

„Und wie soll die Übergabe stattfinden?"

„Auf See. An einem Punkt, der uns kurz vorher genannt wird. Wir haben schon überlegt, die Polizei einzuschalten, aber das Risiko ist uns zu groß. Die Erpresser haben damit gedroht, Kopien an die Medien zu schicken. Und nach Rom. Es gibt Kreise in der Kurie, die sehr unchristlich zu Werk gehen!"

„Haben das nicht alle Kirchen gemein? Die Inquisition, die Kreuzzüge, selbst die Protestanten waren im Dritten Reich nicht sehr christlich", widersprach Yariv.

„Aber wir Orthodoxe haben keine dunklen Flecken auf unserer Geschichte!"

„Meines Wissens war die Kirche sehr happy, als 1967 die Diktatur begann", sagte Angelos.

„Ja, aber wir haben auch mitgeholfen, sie zu beseitigen", meinte Hieronymus.

„Lassen wir doch die Geschichtsstunde. Wann ist die Übergabe? Wie kontaktiert Sie der Erpresser? Wer überprüft die Echtheit bei Übergabe? Wie wird bezahlt? Bar?", fragte Yariv.

„Sie sind von der ganz schnellen Sorte", sagte Hieronymus.

„Manchmal kann ich auch ganz langsam", antwortete Yariv und grinste.

„YARIV", sagte Angelos laut.

„Das habe ich jetzt zwar nicht verstanden, aber zu Ihren Fragen. Übergabe ist in zwei Tagen. Übergeben wird das Bargeld durch meinen Sekretär. Daher bleiben wir auch länger, offiziell, um die Klosterbrüder zu besuchen. Vereinbart ist, dass die Erpresser sich über ein Handy melden, das sie uns geschickt haben!"

„Wo ist das Kuvert oder Päckchen?", fragte Yariv. Hieronymus druckste herum.

„Das hat die Poststelle weggeschmissen. Es war ja nur das Handy drin!"

„Grundgütiger", sagte Angelos und verdrehte die Augen.

„Und die Analyse an Bord?"

„Macht ein Experte, der morgen hier ankommt!" Angelos und Yariv lächelten sich an.

„Was ist?", fragte Hieronymus.

„Ich denke, den Experten werden wir austauschen gegen einen von uns", erklärte Yariv.

„Darum bitten Sie uns doch. Wir sollen die Übergabe absichern, das Geld ist Ihnen nicht so wichtig!"

„Ja. Wobei: wenn Sie das Geld wiederbeschaffen könnten, würde ich …"

„Sie könnten uns beide trauen. Heimlich natürlich. Ich weiß, es gilt rechtlich nicht, aber die Zeremonie wäre bestimmt schön", sagte Yariv bewusst lapidar.

Angelos sagte nichts, er war zu überrascht. Hieronymus stöhnte.

„Alleine in einer kleinen Kapelle, ohne Freunde, könnte ich Ihnen den Segen erteilen …"

Yariv lächelte.

„Das klären wir noch. Gut. Dann treffen wir uns morgen noch einmal, mit Ihrem Sekretär, um alles zu besprechen. Außerdem müssen wir Ihr Boot verwanzen und eine Drohne vorbereiten", sagte Angelos.

„Was ist denn bitte eine Drohne?", fragte Hieronymus.

„Äh, eine Art Flugzeug ohne Pilot", erklärte Yariv.

„Und Sie bewahren absolutes Stillschweigen? Auch bei den Vorbereitungen darf niemand etwas mitbekommen", sagte Hieronymus.

„Sie haben unser Ehrenwort. Hat Ihr Boot Waffen an Bord?", fragte Angelos lächelnd.

„Außer einem Küchenmesser nicht. Ich würde es aber bevorzugen, wenn …"

„Das hängt immer von der Gegenseite ab", sagte Yariv. „Aber verstoßen wir nicht gegen Gesetze? Historische Dokumente gehören doch dem griechischen Staat!"

Hieronymus stöhnte.

„Legt Ihre neue Liebe immer den Finger in die Wunde?"

Angelos ahnte, dass Yariv gleich über fünf Finger woanders reden würde und schaute ihn scharf an.

„Aber er hat recht", sagte Angelos.

„Nun, der Premierminister hat mir erklärt, dass Sie sehr pragmatisch handeln und mitunter Gesetze für Handlungsempfehlungen halten", antwortete Hieronymus grinsend.

Angelos lachte.

„Gut. Aber dann dürfen Yariv und ich nirgendwo erwähnt werden. In keinem Gespräch, in keiner Notiz. Und: Ihr Büro in Athen und das Boot müssen auf Wanzen untersucht werden!"

„Wanzen? Wozu das denn? Halt! Sie denken dabei nicht an die Tiere, oder?"

„Nein. Aber wenn dieses Dokument nie existiert haben soll, darf es auch keine Gespräche darüber geben, bei denen – wer auch immer – mithört!"

Hieronymus nickte.

„Gut. Alles weitere können wir morgen besprechen. Dann fahren wir Sie jetzt zurück ins Kloster", sagte Angelos.

13

Als Angelos und Yariv wieder zuhause waren, sagte Angelos:

„Ich hasse es, wenn ich nichts über die Gegen-seite weiß. Meist hat man wenigstens den Anruf oder ein Schreiben. Das Handy brauchen wir gar nicht erst anschauen!"

„Stimmt. Aber der Sekretär kann uns morgen vielleicht ein bisschen was liefern. Zumindest zur Stimme am Telefon", antwortete Yariv.

„Sag mal, was hast du vorhin mit ‚Trauen‘ gemeint?", fragte Angelos.

„Ja was wohl?"

„Kleiner, ich bin noch verheiratet. Und wenn etwas zwei Mal schiefgeht – durch meine Schuld -, dann sollte ich es besser lassen!"

„Deine Schuld? Hast du dir das selbst eingeredet? Wenn ich es recht verstanden habe, warst du mit Alex glücklich, oder?"

„Ja, sehr!"

„Eben. Und ab wann kriselte es in deiner Ehe?"

„Am Tag als Khaled auftauchte. Von da an ging es bergab", seufzte Angelos.

„Wieso solltest du dann schuld sein? Khaled kam, wollte dich, hat alle Register gezogen – und du warst so verwirrt, dass sich das auf deine Beziehung zu Alex ausgewirkt hat. Klar, dass Alex sauer war. Du hast Khaleds subtilem Druck nachgegeben, obwohl du ihn anfangs nicht geliebt hast. Ich denke, dir hat seine Hart-näckigkeit Respekt abgerungen – und gefallen. Sag, wenn ich es falsch sehe. Ich war schließlich nicht dabei, ich kenne die Geschichte nur von dir. Ohne Khaled wärst du vielleicht heute noch in deiner ersten Ehe glücklich. Also erzähl´ mir nicht, du wärst für die Ehe nicht geschaffen!"

Er hat nicht ganz unrecht. Und dann gibt es noch einen Unterschied: weder für Alex noch für Khaled habe ich jemals solche Gefühle entwickelt wie für Yariv.

„Ich hätte noch eine Frage. Du hast dich innerhalb eines Tages umentschieden. Ich sollte zuerst warten und plötzlich wolltest du mit mir zusammenleben. Warum?", fragte Yariv.

Angelos lächelte.

„Jetzt hältst du mich bestimmt für verrückt, aber ich habe Alex um Rat gefragt!"

„Deinen toten Exmann???"

„Ja. Wir sprechen miteinander. Im Traum, wenn ich an seinem Grab sitze. Vielleicht ist bei mir ja eine Schraube locker!"

„Nein, das ist ok. Also bist du an dem Tag an seinem Grab gesessen und hast gefragt, was du tun sollst?"

Angelos nickte.

„Ich weiß oft nicht, was ich tun soll und bisher waren Alex´ Vorschläge immer richtig. Nun gut, fast immer!"

Yariv legte den Kopf quer und zog die Augenbraue hoch.

„Was ist?", fragte Angelos.

„Und? Was hat Alex gesagt?"

„Dass ich dich mehr liebe als ihn und ich davor keine Angst haben soll! Und dass Khaled einige Dinge getan hat, die ihm zu denken geben. Was er damit meint, hat er allerdings nicht gesagt!"

„Und er hat Recht. Du brauchst dich nicht fürchten, nur weil du zum ersten Mal richtig liebst. Zumindest nicht vor mir", sagte Yariv und kuschelte sich an Angelos.

„Nebenbei: ich vermute, es kommen stressige Tage. Du solltest mich unbedingt noch vorsorglich einmal wegflanken!"

„Weg…was?", fragte Angelos. „Meinst du ..?"
Yariv grinste und nickte heftig.

„Wegflanken? Langsam glaube ich, ich hab den schlimmsten Finger Athens im Bett!", sagte Angelos.

„Kann schon sein, aber er ist deiner! Mit Haut und Haaren. Und einer süßen Locke!"

14

Ano Mera, zeitgleich

Der Mann hatte gesehen, wie der Metropolit aus dem schwarzen SUV ausstieg. Mercedes AMG GLS. Verfolgungsjagden sollte ich also vermeiden. Offensichtlich war die Polizei hier bestens ausgestattet.
Wichtiger aber war die Erkenntnis, dass sich Hieronymus doch um Hilfe bemühte. Er war sicher nicht nur zum Kaffeetrinken beim Kommissar zuhause. In Zivil hätte ich ihn fast nicht erkannt.
Ich muss Mendez davon in Kenntnis setzen, auch wenn die Möglichkeit, dass Hieronymus sich an

Nikakis wendet, schon vorher thematisiert worden war. Passen Sie auf, lautete die Botschaft. Nikakis ist kein Kleinstadt-Kommissar und seine Verbindungen sind gut. Allerdings ist er momentan abgelenkt – durch eine Liebelei.

Der Mann beobachtete, wie im Zimmer von Hieronymus das Licht ausging. Die Entscheidung des Klosterpriors, Seine Heiligkeit samt Sekretär in einem Gästehaus oben am großen Parkplatz unterzubringen, kam dem Mann sehr zupass. Die Räume sind sicher komfortabler, dachte er. Und mir macht es die Arbeit leicht. Der Mann schaute auf die Uhr. Etwa dreißig Minuten, dann sollte Hieronymus in mehr als nur einen tiefen Schlaf fallen. Drei Lorazepam in der kleinen Wasserflasche sollten reichen. Der Mann verspürte keinerlei Unruhe oder Nervosität. Warten war sein alltägliches Geschäft.

Das Gästehaus bestand nur aus den zwei Zimmern oben und einer kleinen Küche unten. Die Türe war schon beim ersten Besuch kein Problem. Allerdings musste er bei diesem Auftrag anders vorgehen als üblich. Der Mann bevorzugte sonst die schnelle, saubere Variante: die Pistole. Seine Beretta war zu einem eigenen Körperteil geworden. Doch hier wollte der Auftraggeber die blutige Variante plus Zusatz. Eine Show. Eine blutige Show.

Er betrat das Gästehaus und ging die Treppe hinauf. Durch ein Fenster drang genug Licht ein. Er wandte sich nach rechts.

Aus einer Scheide am Arm glitt ein Messer und rutschte in seine rechte Hand. Ein Messer mit

Wellenschliff. Er hielt es so, wie er es in der
Ausbildung in Frankreich gelernt hatte.
Dann öffnete er die Türe.

15

Mykonos-Ornos

Mitten in tiefster Nacht – also gegen 9 Uhr –
brummte Angelos´ Handy. Er fluchte.
Und zunächst verstand er gar nichts. Wie
auch. Ihm fehlten die drei Espressi zum „Power-On
Gehirn".

„Wer sind Sie denn?", knurrte er, verwundert
darüber, dass er schon einen ganzen Satz bilden
konnte.

„Hieronymus, Herr Nikakis. Sie müssen bitte sofort
kommen. Mein Sekretär …"
Er schluchzte.

„Tot. Alles voller Blut!"

„Fassen Sie bitte nichts an. Lassen Sie niemand
rein. Und kein Wort zu irgendjemand. Wir sind in
einer Viertelstunde da", sagte Angelos.

„Danke!"
In Angelos´ Hirn drehte sich alles.

„YARIV!! Aufstehen! Wir müssen zu Hieronymus!"

„Ja, aber das Gespräch mit dem Sekretär ist doch erst um elf", knurrte er.

„Das Gespräch fällt aus – denn er ist tot", antwortete Angelos.

Yariv schnellte hoch.

„Was ist passiert?"

„Keine Ahnung. Raus jetzt", raunzte Angelos.

„Kein Gutenmorgenkuss?"

„Mach bitte Espresso. Doppelt. Dann gibt´s auch ´nen doppelten Kuss. Ich hasse alles, was vor Mittag passiert!"

Es wurden dann doch zwanzig Minuten, bis der GLS mit Blaulicht vor dem Gästehaus in Ano Mera zum Stehen kam.

Hieronymus öffnete die Tür. Kreidebleich.

„Oben rechts", war das einzige, was er heraus- brachte.

Angelos und Yariv betraten das Zimmer – und fluchten beide unchristlich.

„Ich hab ja schon viel gesehen, aber das toppt alles. Yariv, kannst du den Koffer holen?"

Aber Yariv war schon unterwegs.

„Wer tut so etwas?", fragte Hieronymus mit brüchiger Stimme.

„Ein Profi mit Hang zur Show", sagte Angelos.

„Sie nennen das eine Show?"

„Ja. Wenn man jemand töten will, macht man es nicht so. Außer, man will bewusst Aufmerksam- keit!"

Auch Angelos musste gegen die aufsteigende Magensäure kämpfen.

Der Sekretär lag in einem Meer von Blut. Besser gesagt war das ganze Zimmer eine einzige Blutorgie. Das Ergebnis einer platzenden Halsschlagader, die das Blut pulsierend und fontänengleich aus dem Körper schießt. Erstaunlich, dass es nicht mehr als nur 6 Liter sein können, dachte Angelos.

Doch nicht die durchschnittene Kehle schockierte ihn, sondern das, was auf der blutdurchtränkten Decke lag: die abgeschnittene Zunge von Giorgos Seferis, Sekretär Seiner Heiligkeit, Hieronymus I.

16

Mykonos – Ano Mera

W as soll das mit der Zunge bedeuten?", fragte Yariv.
"Früher war es das Zeichen für Verräter oder Geschwätzigkeit. Aber ich kenne keine derartigen Fälle aus den letzten Jahrzehnten. Die Mafiosi in Italien waren die letzten, die Polizeispitzel so zurichteten. Als Warnung", sagte Angelos.

„Aber wer soll gewarnt werden?", machte sich Hieronymus bemerkbar.

„Wenn es heißt, dass wir den Handel nicht abschließen sollen, bedeutet dies …"

„ … dass eine dritte Partei mitspielt. Diejenigen, die das Pergament anbieten, waren es mit Sicherheit nicht. Sie werden nicht die Person töten, die ihnen das Geld bringt. Übrigens: wo ist das Geld?", fragte Angelos.

„Im Kloster drüben. In einer Art Geheimkammer. Früher mussten Reliquien vor Piraten geschützt werden. Das Kloster ist tatsächlich zwei Mal überfallen werden. Das Versteck findet keiner!"

„Vielleicht haben die Herren die Ware zwei Parteien angeboten. Und die eine wollte verhindern, dass die andere das Pergament in die Hände bekommt", vermutete Yariv.

Und Angelos sah es genauso.

Nur: wer war diese dritte Partei?

„Fingernägel?", fragte Yariv. Angelos schüttelte mit dem Kopf.

„Was ist deiner Meinung nach passiert?"

„Fangen wir von hinten an. Die Zunge. Post mortem. Gnädigerweise", sagte Yariv.

„Der Täter kam von rechts. Er legt die Hand mit Handschuh auf den Mund des Schlafenden und schneidet mit links die Kehle auf. Da links sofort die Schlagader kommt, hat das Ganze nicht lange gedauert!"

Yariv ging um das Bett herum.

„Der Mann war Linkshänder. Die Wunde liegt am Schnittanfang höher als am Ende rechts!"
Die schiefe Ebene, die bei einem Kehlenschnitt anzeigt, ob der Täter Links- oder Rechtshänder ist. Angelos nickte.
„Wobei es sein kann, dass der Mann vorher sediert wurde", sagte er und deutete auf die kleine Wasserflasche.
„Hast du das Schloss unten gesehen? Das kriegt ein cleverer 10-jähriger auf", sagte Yariv.
„Ja. Und wir werden hier nichts finden. Ein Profi – und der hinterlässt keine Abdrücke. Da er rechts vom Opfer stand, das Blut aber links hinausschoss, dürfte er wenig abbekommen haben.
Fehlanzeige auch bei Schuhabdrücken, trotz der Sauerei!"
„Und zu den Fingernägeln. Ein Profi weiß, dass sich das Opfer eventuell noch wehren könnte. Daher trug er oben bestimmt zwei Langarmshirts und drunter irgendein Goretex-Zeug. Aber gut.
Heiligkeit? Wissen Sie zufällig, ob Seferis Rechtshänder war?"
„Rechts", sagte er leise nach kurzem Überlegen.
„Dann mach bitte den Daumen rechts, Yariv, das dürfte reichen", meinte Angelos.
„Ich rufe den Krankenwagen und den Leichenwagen zur Klinik!"
„Wieso ein Krankenwagen?", fragte Hieronymus.
„Touristen und Hoteliers mögen keine Leichenwagen. Das stört ihre heile Urlaubswelt, außer direkt bei der Klinik!"
„Was passiert mit ihm?"

„Er bleibt zwei Tage beim Bestatter, dann wird er nach Athen überführt. Sie werden sicher die Beerdigung persönlich vornehmen wollen. Sollte bei der Übergabe etwas schiefgehen, können wir ihn maximal vier Tage hierbehalten. Ich würde Sie bitten, auf Mykonos zu bleiben. Ich habe ein gesundes Misstrauen, was Telefonate angeht. Allerdings sollten Sie nicht hierbleiben. Der Mörder hat zwar Sie nicht im Visier, aber das könnte sich schnell ändern. Wir haben genug Gästezimmer im Untergeschoss …"

„Ähem", sagte Yariv. „*Wir* haben nur ein Zimmer. Du wohnst jetzt woanders, Großer!"

Oh Mist. Stimmt, dachte Angelos.

„Ist das wirklich notwendig?", fragte Hieronymus.

Angelos nickte.

„Keine Sorge. Wir rennen nicht nackt durch das Haus!"

Hieronymus lachte.

„Zwei Mal nackter Adam ist auch nichts anderes als Eva und Adam nackt!"

„Außer dass Letzteres widerlich ist", sagte Yariv.

„So? Bis vor sechs Wochen fandest du es noch nicht widerlich", antwortete Angelos grinsend.

„Ich hatte sozusagen ein Schockerlebnis!"

Plötzlich brummte das Handy des Metropoliten. Er ging nach draußen.

„Wir werden zwar kein Handy finden, aber lass uns trotzdem suchen!", schlug Yariv vor.

Aber es war keins zu finden.

Hieronymus kam wieder ins Zimmer, kopfschüttelnd.

„Kein guter Tag für Sekretäre. Mein Büro. Der Sekretär des katholischen Kardinals hat sich erschossen. In der Krypta. Gestern. Und er soll morgen beerdigt werden. Das ist sehr schnell. Traurig: er hat sich immer um Ausgleich bemüht!" Angelos sah Yariv an.

„Denkst du das Gleiche wie ich?", fragte Angelos.

„Ich denke: komischer Zufall. Siopsis anrufen und Leiche beschlagnahmen lassen!"

Angelos nickte.

„Was wollen Sie damit andeuten?", fragte Hieronymus.

„Ich will nur etwas ausschließen. Wäre auch er ermordet worden, wäre das schon sehr bemerkenswert!"

„Aber die Polizei sagt …"

„Die Polizei ist manchmal müde …", begann Angelos.

„ … und manchmal korrupt", ergänzte Yariv. Hieronymus schüttelte den Kopf und verließ den Raum. Während Angelos und Yariv nach irgendeinem Handy suchten, kam Hieronymus ein zweites Mal zurück.

„Bei mir liegt ein Handy. Es wird aufgeladen!" Und tatsächlich hing dort ein Mobiltelefon am Ladekabel.

„Ein Billigmodell", sagte Yariv. „Wahrscheinlich hat er sein eigenes bei sich geladen. Da aber in dem Zimmer nur eine Steckdose ist, wollte Seferis das Handy der Erpresser bei Seiner Heiligkeit laden. Damit der Akku am Tag der Übergabe voll ist!"

„Wenigstens können uns die Erpresser so kontaktieren", sagte Angelos.

17

Angelos´ Blutdruck stieg, als er mit dem Athener Polizeipräsidenten telefonierte. Beide waren enge Freunde, aber Ektor Siopsis hatte so seine Bedenken.

„Ich soll eine Beerdigung untersagen, die der katholische Kardinal morgen persönlich durch-führt?"

„Genau das. Und übertreibe es nicht mit der Bedeutung des Kardinals. Seine katholischen Schäfchen kennt er alle persönlich!"

„Ja, aber mein lieber Angelos: es gibt so etwas wie den Vatikan, der dann bei deinem anderen Freund, dem Premierminister, auf der Matte steht", sagte Siopsis.

„Ich denke, der Vatikan wird sich sehr zurück-halten. Der Schuss könnte nach hinten losgehen!"

„Herrgott, ich kann keine Autopsie anordnen, wenn wir selbst am Tag davor auf Suizid entschieden haben!"

Angelos holte tief Luft.

„Und welcher kompetente Kollege war das?"

Siopsis wühlte durch seinen Haufen Papier.

Er hasste Computer.

„Ah. Hier. Oh je. Es war Latsis!"

Angelos lachte.

„Der darf immer noch Kommissar spielen? Ein Traum für die Verbrecherwelt!"

„Ich will auch keine Autopsie – ich will nur die Leiche sehen", sagte Angelos.

„Dann soll ich jetzt diesen Kotzbrocken von Kardinal anrufen und ihm mitteilen …"

„Um Gottes Willen, nein. Erst schickst du zwei Streifenwagen zum katholischen Krankenhaus, wo Ritsos liegt. *Danach* rufst du den Kardinal an. Andersherum befürchte ich, dass die Leiche eine Turboverbrennung erfährt!"

„Übertreibst du nicht ein wenig?"

„Nein. Ektor. Aber ich entschuldige mich, wenn ich falschliege!"

„Entschuldigst du dich auch dafür, dass du meinen Kommissar entjungfert hast?", fragte Siopsis spitz.

Angelos lachte.

„Dein Kommissar ist jetzt mein Kommissar. Ich glaube nicht, dass ich ihn wieder hergebe. Er ist der Richtige!"

Siopsis lachte.

„Ich wusste es, als ihr euch in meinem Büro getroffen habt. Du konntest nicht mehr sprechen und es hat hier so geknistert – man hätte Batterien laden können! Und dein Noch-Mann?"

Stille.

„Ich weiß es nicht. Er hat einige Dinge gesagt, die unentschuldbar sind!"

„Die Ehe geht an der Natur des Menschen vorbei. Meine Geliebte ist eine Sahnetorte – und ich bin glücklich", sagte Siopsis und lachte.

„Dein Zuckerwert liegt bei zehn, Ektor!"

„Und ich lebe noch. Friedlich, denn die Torte spricht nicht!"

Angelos lachte.

„Jetzt schick zwei Einheiten hin. Niemand betritt den Kühlraum, bis ich da bin. Danach kannst du den Kardinal anrufen!"

„Ich hoffe, du weißt, was du tust. Und einen schönen Gruß an den zukünftigen Herr Nikakis. Wie viele gibt es jetzt eigentlich?"

„Du bist widerlich, Ektor!"

Angelos wischte das Gespräch weg.

„So, dann fliegen wir mal …"

Erst dann merkte er, dass Yariv den Kopf schräg hielt und grinste.

Oh Mist.

„Tja, Großer, ich besitze weder Jet noch Hubschrauber und erst recht keine Yacht!"

Angelos lächelte und nahm Yariv in den Arm.

„Vielleicht liebe ich dich auch deswegen, mein Kleiner. Dann fliegen wir halt mit Volotea!"

„Und Seine Heiligkeit? Er schläft oben!"

„Der soll bei den Mönchen warten, bis wir abends zurückkommen", sagte Angelos.

„Du könntest auch Khaled fragen", sagte Yariv.

‚Dann geh doch zu deinem blöden Juden', schoss Angelos durch den Kopf.

„Im Leben nicht!"

18

Athen

Ich hasse Athen", lautete Angelos´ Standard-
satz, sobald er die Stadt auch nur aus der Luft
sah.
Die Taxifahrt gab ihm meist den Rest.
„Bei unserer letzten Taxifahrt hast du mir das Hemd
vom Leib gerissen", sagte Yariv mit Schmollmund.
„Wir müssen in zehn Minuten eine Leiche unter-
suchen!", meinte Angelos.
Yariv grinste.
„Und dazu braucht man einen klaren Kopf!"
Schon bei der Hälfte des Satzes war seine Hand in
Angelos´ Schritt. Mit dem bekannten Ergebnis.
„Du bist der Teufel", flüsterte Angelos, damit der
Taxifahrer nicht alles mitbekam.
Plötzlich sagte der Fahrer: „Wir sind da!"
Angelos sah an sich herunter und wusste, dass er
nicht aussteigen konnte. Schon gar nicht vor
einem katholischen Krankenhaus.
Yariv prustete fast los.
„Fahren Sie noch fünf Minuten im Kreis, bitte",
knurrte Angelos und gab Yariv einen Klaps auf
den Hinterkopf.

Als sie in den Keller des katholischen Kranken-
hauses „Zur heiligen Jungfrau" hinuntergingen,
hörten sie es schon: eine lautstarke

Auseinandersetzung zwischen einem Weißkittel und zwei Streifenbeamten.

„Was soll das? Verschwinden Sie hier, oder ich rufe den Kardinal an", brüllte der Arzt.

„Der kann Ihnen auch nicht helfen. Nikakis, Kripo Athen und mein Kollege Markaris. Wir machen nur eine Leichenbeschau!"

„Die fand bereits statt und der Leichnam ist bereits freigegeben!"

„Stimmt beides. Aber es gibt neue Erkenntnisse, daher sehen wir uns das Ganze noch einmal an. Und jetzt lassen Sie uns bitte vorbei!"

Yariv schob den Mann mit hochrotem Kopf einfach zur Seite und schickte die beiden Polizisten wieder zurück. Die beiden waren sichtlich erleichtert.

Vier Leichen lagen auf den Tischen, alle bedeckt. Eine Leiche lag auf einem Wagen.

Angelos lächelte.

„Wetten, dass der Herr in wenigen Minuten verschwunden wäre?"

Er schlug das Tuch zurück und schaute auf das Foto des Sekretärs auf seinem Handy – es war Panos Roidis, Sekretär des katholischen Kardinals.

„Wie Wachspuppen. Ich werde mich nie dran gewöhnen", sagte Yariv.

„Dabei sieht die Leiche noch gut aus. Manchmal legen die Pathologen das Hirn in eine Schüssel und lassen den Kopf offen.

Yariv huschte das Bild durch den Kopf und rannte zur Spüle.

Angelos grinste.

„Das war die Rache für das Gefummel im Taxi! Jetzt krieg dich ein und sag mir deine Meinung!"

Der Kopfschuss war ein kleines Kaliber mit üblichem Geschoss, kein Hohlmantel oder ähnliches. Insofern blieb der Schädel relativ gut erhalten.

„Eintritt und Austritt liegen auf gleicher Höhe. Das macht kein Selbstmörder. Alle halten die Waffe in einem leicht tieferen Winkel!"

Angelos nickte.

„Der Winkel ist sogar höher. Roidis war klein, der Mörder wahrscheinlich etwas größer – deswegen trat der Schuss etwas tiefer aus!"

„Es war definitiv kein Selbstmord. Die Waffe wurde nicht aufgesetzt", stellte Yariv fest. Und fast alle Selbstmörder setzen sie auf!"

„Ich schätze mal 30 bis 50 cm Entfernung. Das reicht uns. Komm!"

Die beiden Kommissare verließen den Raum und noch immer wartete der Arzt im Gang.

Garantiert auf Anweisung von oben. Naja, nicht von ganz oben, dachte Angelos.

„Die Leiche ist beschlagnahmt. Sie wird später abgeholt und in die Gerichtsmedizin gebracht. Und denken Sie nicht mal daran, die Leiche ins Krematorium zu bringen. Schönen Tag noch!", sagte Angelos und beide verließen das Hospital.

„Tja, nun wissen wir, Roidis wurde ermordet. Aber was bringt uns diese Erkenntnis?", fragte Yariv.

„Zumindest die Gewissheit, dass irgendeine Querverbindung zu der ganzen Pergament-

Geschichte besteht. Zufälle gibt es nicht", meinte
Angelos.
Polizeiregel eins.
Angelos rief Polizeipräsident Siopsis an und bat
ihn, die Leiche abholen zu lassen.

19

Athen/ Kloster Trisulti – Italien

Kardinal Mendez hätte gerne den Hörer auf
die Gabel geworfen, gäbe es noch so etwas
wie eine Gabel. Stattdessen knallte er das
Handy auf den Tisch.
Befehlsgemäß hatte ihn der Oberarzt im Krankenhaus von der Beschlagnahmung von Roidis´
Leiche unterrichtet.
Selbst im Tod macht ihm dieser Lakai der
Verweichlichten Scherereien. Sicher – früher oder
später hätte man Roidis ohnehin beseitigen
müssen, eher früher, aber man hätte ein diskretes
Verfahren wählen können, samt finalem
Verschwinden der Leiche. Wären Fragen über
den Verbleib des Sekretärs aufgekommen, hätte
ich sagen können, er verbringe ein Jahr in
irgendeinem Kloster. Aber so?
Mendez seufzte

Also muss ich Trisulti informieren und frage, wie ich mich verhalten soll.

Und so brummte ein Handy im Kloster Trisulti, knapp 70 km entfernt von Rom. Im 13. Jahrhundert von Karthäusern gegründet, war es eine riesige, beeindruckende Kartause. Ein Bollwerk des Glaubens. Doch der Glaube verlor in den letzten Jahrzehnten an Kraft und so starb der letzte Mönch in den Siebzigern. Und so wurde aus Trisulti ein Zentrum für diejenigen, die das Rad der Geschichte zurückdrehen wollten, sowohl politisch als auch religiös.

Seine Lage in der Nähe Roms war ein großer Vorteil. Kardinäle der Kurie konnten sich hier treffen, ohne dass ihre Abwesenheit im Vatikan auffiel.

Da das Zentrum nicht nur von religiösen Würdenträgern, sondern auch von Politikern und Konzernlenkern frequentiert wurde, ergaben sich Kontakte, die jedem der Besucher halfen, ihre Mission voranzubringen.

Und für Kardinal Pacelli hieß die aktuelle Mission sinnigerweise „Delos", in Anlehnung an den mutmaßlichen Fundort des Pergaments, welches die erzkonservativen Kardinäle elektrisiert hatte. Pacelli war unschlüssig. Dass die Polizei in Athen den Tod von Roidis richtigerweise als Mord einstufte – damit hatte er nicht gerechnet. Pacellis Mitarbeiter hatte die Pistole samt Roidis´ Fingerabdrücke am Ort des Geschehens hinterlassen.

„Ausgerechnet die Athener Polizei, unfähig und korrupt", dachte Pacelli.

Erneut brummte das Handy. Pacelli hörte nur zu. Nur der Mitarbeiter sprach. Ergänzende Informationen eines treuen Freundes im Polizeipräsidium. Es war nicht die Polizei in Athen, sondern zwei Kommissare aus Mykonos. Ausgerechnet die Insel, auf der sich dieser scheinheilige Hilfspapst Hieronymus aufhält. Sicher kein Zufall, dachte Pacelli. Nun, zwei perverse Polizisten sind sicher kein ernstzunehmendes Hindernis. Man würde sie gleich mitentsorgen.

Müll, der en passant beseitigt wird.

20

Seine Heiligkeit, Hieronymus I. stand noch immer unter Schock.

Er, Angelos und Yariv saßen in der Küche ihres Hauses in Ornos.

„Ich möchte nicht, dass auch noch Ihr Leben in Gefahr gerät", sagte er.

Es war der Tag der Übergabe.

„Es ist doch im Sinne von Seferis. Er hätte alles getan, um die orthodoxe Kirche vor Schaden zu

bewahren. Also holen wir uns dieses verfluchte Pergament. Außerdem gehören gefährliche Situationen zu unserem Beruf", meinte Angelos. Kaum ausgesprochen, brummte das Billig-Handy. Angelos drückte die grüne Taste und hörte:
„41 Grad, 24 Minuten …"
„Stopp. Mein Name ist Angelos, ich werde die Übergabe vornehmen. Rufen Sie in 15 Minuten unter folgender Nummer an: 693 274 6672. Schmeißen Sie dieses Handy weg. Ende!"
Angelos drückte die rote Taste.
Yariv starrte Angelos entsetzt an.
„Das war nicht sehr freundlich. War das klug?"
„Deine erste Übergabe oder Entführung?", fragte Angelos.
Yariv nickte.
„Denk nach. Entführer oder die Besitzer von heißer Ware haben eine Menge Zeit und Geld investiert. Bis zum Moment der Übergabe haben sie noch keinen Cent gesehen. Unsere Erpresser - wie auch Entführer - haben ein großes Interesse am reibungslosen Ablauf der Übergabe – aber die Bedingungen diktierst du, zumindest musst du es versuchen. Du nennst deinen Namen und bist der exklusive Gesprächspartner – so baust du Vertrauen auf. Wichtig ist der Wechsel der Telefonnummer. Dritte hören oft mit. Das bringt auch den Entführern oder Erpressern zusätzliche Sicherheit", erklärte Angelos.
„Und in diesem Fall ist kein Leben in Gefahr, es geht nur um Ware. Und wir sind die Kunden. Sie brauchen uns!"

Schon brummte Angelos´ Handy. Wieder begann der Anrufer das Gespräch.

„Jetzt hör mal zu, du dummes Arschloch. Du tust gefälligst, was wir sagen – oder wir suchen uns einen anderen Käufer!"

„Ein Pergament, das gesetzlich dem griechischen Staat gehört – ich würde sagen, der Kreis der Interessenten ist nicht groß. Außerdem erzielt Ihr mit Sicherheit einen niedrigeren Preis. Also beruhigen wir uns jetzt alle!"

Angelos hörte nur ein Grunzen, dann:

„33° 43' 27.624" N   26° 32' 34.688" E. 15 Uhr."

Damit war das Gespräch beendet.

Angelos hatte die Daten direkt in das Suchfeld eingegeben.

„16 Seemeilen von hier. Passt!"

„Sorry, ich bin ein Landei. Gibt´s das auch in Kilometer?", fragte Yariv.

„Dreißig. Also eine knappe Stunde. Ihre Yacht, Heiligkeit, ist ein ziemlich lahmes Modell", meinte Angelos. „Khaleds Yacht hat über 50 Knoten!"

„Nicht im Moment, nachdem ich eine Delle reingefahren habe", sagte Yariv lächelnd.

„Ja. Und das hast du mit voller Absicht getan!", entgegnete Angelos grinsend.

21

Mykonos- Chora

Ich kann mich gar nicht mehr erinnern, wann ich
das letzte Mal in einem Café gesessen bin",
sagte Hieronymus.
Die drei Herren saßen im „Da Vinci" an der
Uferpromenade, Angelos´ zweitem Büro. Hatte
der Herr Bürgermeister genug vom Rathaus,
packte er seine Akten und setzte sich ins Café
nebenan.
„Ich verstehe nicht, wie Sie so ruhig sein können. In
nur einer Stunde ist die Übergabe", meinte der
Metropolit.
„Das lernt man. Nervös wird man erst, wenn einem
die erste Kugel um die Ohren pfeift", erklärte
Angelos.
„War nur Spaß", fügte er schnell hinzu, als er
Hieronymus´ erschrockenes Gesicht sah.
„Und Sie tragen keine Bleiweste oder wie man das
nennt?"
„Nein. Bei der Hitze sieht man die unter dem T-Shirt
und eine Jacke wäre zu verdächtig. Und
nochmal: die Herrschaften wollen etwas von uns!"
„Ich werde für Sie beten", sagte Hieronymus.
„Das kann zumindest nicht schaden", meinte
Angelos. „Im Übrigen glaube ich, dass wir es mit
normalen Kriminellen zu tun haben, aber nicht mit
Profis. Der Anrufer sprach Dialekt, ich vermute

Epirus, und kein Profi würde ‚Du dummes Arschloch' sagen!"

„Aber bei Seferis war es ein Profi.", entgegnete Hieronymus.

Angelos nickte.

„Was bedeutet: es gibt eine dritte Partei", fuhr Hieronymus fort. „Haben Sie einen Verdacht?"

Ja, Heiligkeit, den habe ich, *dachte* Angelos.

„Nein", *sagte* er.

Plötzlich stand Yariv auf.

„Ich gehe noch schnell auf die Bank. Die Unter-lagen müssten ja fertig sein!"

Angelos nickte.

Am Morgen hatte er Papadopoulos von der Alphabank angerufen und ihm die Sachlage erklärt.

Das gemeinsame Konto mit Khaled wird aufge-löst, ein neues für Yariv und ihn eingerichtet und Angelos´ Geld vom alten auf das neue Geld übertragen. 420 000 Euro. Die Summe hatte Khaled errechnet – Angelos war es egal. Natürlich folgte zum Schluss wieder ein dummer Spruch. Dabei hatte mit Gabriel ein richtiger Israeli bei ihnen gewohnt, Yariv hingegen war jüdischer Grieche – und hatte noch nie eine Synagoge von innen gesehen. Khaled schießt gegen Yariv, weil er mich dadurch mehr trifft, als wenn er mich direkt beleidigt. Schade, dachte Angelos. Schade, dass Khaled es nicht für nötig hielt, sich für seinen Aussetzer in Yarivs Wohnung zu entschuldigen. Aber selbst wenn: dieser andere

Khaled hat mich derart erschreckt, dass ich nicht mehr weiß, wer er wirklich ist.

Derweil ging Yariv nach rechts in die Matogianni-Gasse.
Nach zwei Minuten erreichte er die Alpha-Bank.
Papadopoulos hatte die Papiere bereitliegen.
Doch Yariv hatte noch eine Bitte.
„Angelos hätte noch gerne die Kontoauszüge der letzten 6 Monate!"
„Ein bestimmtes Datum?", fragte der Banker.
„Ja. 9. Februar", sagte Yariv.
Es war der Tag, an dem Khaleds Bruder starb.

22

Um kurz nach 14 Uhr verließen Angelos und Yariv mit der Yacht des Metropoliten den alten Fischerhafen.
Angelos hatte zwar einen Bootsschein, aber nur pro forma. Selbst ausgestellt. Die Vorzüge des Postens als Bürgermeister.
„Ich hoffe, ich versenke Ihr Boot nicht", hatte Angelos zu Hieronymus gesagt.
„Sie ist versichert", sagte der Metropolit gelassen.

Die beiden waren gut zehn Minuten zu früh vor Ort. Der Gutachter hatte abgesagt, als Angelos nicht ausschließen konnte, dass sich eine Kugel in dessen Kopf verirren könnte.

Stattdessen hatten sie eine Kopie des abgetrennten Teils des Pergaments dabei, um die Abschnittkanten puzzleartig zu überprüfen.

Das musste reichen.

Dennoch war Angelos nicht ganz wohl, denn ihnen fehlte die Rückendeckung durch Abu Bakar.

Der Drogendealer, der den Handel in der gesamten Ägäis kontrollierte, war vom Todfeind zu einem guten Freund geworden. Kommissar Nikakis und Abu Bakar hatten ein Abkommen geschlossen: Angelos lässt ihn gewähren, unter vier Bedingungen: sauber Ware, begrenzte Menge, kein Verkauf an Jugendliche und keine Gewalttaten auf Mykonos. Und der Deal funktionierte: es gab seit drei Jahren keine Drogentoten mehr. Angelos wusste: verhindern kann man den Konsum nicht, dafür ist die Nachfrage auf einer Partyinsel viel zu groß. Dann lieber zulassen – unter Bedingungen. Die Freundschaft hatten einen Zusatznutzen. Abu Bakar verfügte über technische Möglichkeiten, von denen ein Kommissar nur träumen konnte. Mittels Drohnen kontrollierte Abu Bakar den gesamten Schiffsverkehr und konnte auch Telefongespräche abhören.

Doch im vorliegenden Fall konnte Abu nur bedingt helfen.

„Tagsüber kann ich die Drohne nicht tief fliegen lassen, sonst glaubt die Luftwaffe, die Türken kämen. Ich kann nur Bewegungen liefern, aber keine detaillierten Bilder!"

Also müssen wir es ohne schaffen, dachte Angelos. Aber sie hatten einen entscheidenden Nachteil: ihre Yacht war langsam. Wenn die Gegenseite mit einem schnelleren Boot kommt, wäre an eine Verfolgung nicht zu denken.

Und ein Sonar hatte die kirchliche Yacht selbstredend nicht.

Mit Khaleds Yacht wäre es kein Problem gewesen. Aber die war zur Reparatur in Piräus und außerdem war das Thema Khaled für Angelos erledigt. Lieber wäre ich im Tretboot gefahren als ihn zu fragen, dachte er.

Wo ist Yariv? Warum ist er so lange unter Deck? Angelos stoppte den Motor. Wir sind ohnehin zu früh dran.

Er ging die Treppen hinunter und sah, dass Yariv eine Laus über die Leber gelaufen sein musste.

„Was ist, Kleiner? Angst?"

Yariv schüttelte den Kopf.

„Nein. Entschuldige, ich war geistig abwesend! Komm her, Großer. Einmal drücken bevor es losgeht!"

Angelos lächelte.

Doch Yariv war mit Gedanken woanders. Soll ich es ihm sagen? Die Bankunterlagen sprachen eine deutliche Sprache: Khaled hatte Angelos hintergangen. Genau 85 Millionen Mal.

Aber würde es nun noch etwas ändern? Zumindest war jetzt nicht der Zeitpunkt.

„Dann holen wir uns jetzt Flavius´ Brief – sonst gibt uns Hieronymus nicht seinen Segen", sagte Yariv und lächelte.

23

Sie kommen", sagte Yariv, der das Fernglas in der Hand hielt. Und tatsächlich näherte sich ein schnelles Schlauchboot. Ziemlich dämlich, dachte Angelos. Zwar ist das Boot schneller als die Yacht, aber ein paar gezielte Schüsse würden zum abrupten Ende der Fahrt führen.
Außer man hat von vorne herein geplant, uns zu töten. Aber wir haben an Bord der Yacht genügend Deckung – im Gegensatz zu den Idioten im Schlauchboot.
Das sind unter keinen Umständen diejenigen, die für die Morde an den beiden Sekretären verantwortlich sind. Was wiederum bedeutet, dass die dritte Partei die Übergabe stören könnte.
„Yariv! Du behältst die Umgebung im Auge. Sobald sich ein anderes Boot nähert, schreist du!"
„Aye, Aye, Captain!"
„Doofkopf!"

Das Schlauchboot kam näher und war nur noch wenige Meter entfernt.

Plötzlich erstarrte Yariv. Er kannte einen der Männer. Und auch an Bord des Bootes erschrak einer der Herren.

„ABDREHEN UND GAS! DAS SIND BULLEN", schrie er.

Das Boot kenterte fast beim Wenden.

Was zum Teufel …, dachte Angelos.

Schieße ich auf die Luftkammern, sinkt das Boot und das Dokument verschwindet im Meer.

Und Verfolgung macht keinen Sinn – siehe oben.

Angelos drehte sich um und fragte:

„Was bitte war das?"

„Der eine Typ hat mich erkannt. Es war einer der Sahas-Brüder. Drogenpanscher aus Rafina. Die haben mir die Kugel verpasst", sagte Yariv, der nun neben Angelos stand.

„Aber sie haben überall die Finger drin. Erpressung, Hehlerei. Grobschlächtig, aber nicht die Hellsten!"

Mist, dachte Angelos.

Andererseits: die dritte Partei ist nicht aufgetaucht und das hieß: unsere Kommunikationskanäle sind sicher.

„Seine Heiligkeit wird nicht erfreut sein. Aber glaub mir: die versuchen es noch einmal. Sie sind gierig nach dem Geld", meinte Yariv.

Und er hatte Recht.

24

Seine Heiligkeit sowie Angelos und Yariv saßen am Tisch in der Küche des Hauses in Ornos. Hier fühle ich mich zuhause, dachte Angelos – im Gegensatz zu dem Palast oben am Berg.

Hieronymus war mehr als betrübt.

„Den Gedanken, dass Seferis vollkommen umsonst gestorben ist, ertrage ich nicht!"

„Davon kann keine Rede sein. Niemand konnte ahnen, dass Yariv die Männer kannte. Sie sind erschrocken und abgehauen. Sie werden anrufen, pöbeln und eine neue Übergabe vereinbaren. Sie wollen Geld. Wir könnten sie im Preis drücken", schlug Angelos vor.

Hieronymus schaute Angelos entgeistert an.

„Bitte, Herr Nikakis. Keine Spielchen. Geld gegen Pergament!"

„Gut", gab Angelos nach.

Das Handy brummte.

„Willst du nicht rangehen?", fragte Yariv.

„Geduld. Die Herren sollen ruhig etwas nervöser werden!"

Erst nach einer gefühlten Ewigkeit griff Angelos nach dem Handy.

„IHR HABT UNS VERARSCHT, IHR BULLENSCHWEINE", schrie eine Stimme.

„Wenn du gelernt hast, dich zu benehmen, kannst du gerne wieder anrufen", knurrte Angelos und wischte das Gespräch weg.

„Um Gottes Willen", sagte Hieronymus.

„Beruhigen Sie sich. Ich schätze, es brummt ins spätestens zehn Minuten wieder!"

Es wurden keine sechs.

„Können wir uns jetzt zivilisiert unterhalten? Ja, wir sind Polizisten, aber in diesem Fall privat tätig. Denk doch mal nach. Wären wir offiziell unterwegs, hätten euch zehn Boote der Polizei und Marine verfolgt und garantiert einkassiert. Also: wir wiederholen das Ganze morgen, aber um 20 Uhr, nachmittags ist es zu stürmisch. Koordinaten bestimmt ihr, wie üblich auf dieses Handy. Schönen Abend noch!"

Ende.

Yariv lachte.

„Kam der andere überhaupt zu Wort?"

„Nö. Wozu?", fragte Angelos schmunzelnd.

„Gut, das hätten wir. Dann machen wir uns jetzt mal was …"

„Angelos, ich muss dir etwas sagen", druckste Yariv herum. „Es geht um Khaled!"

Angelos holt tief Luft.

"Wir gehen kurz nach draußen, Heiligkeit", sagte er.

„Also los. Gehen wir an den Strand. Das haben Alex und ich auch immer gemacht, wenn es unangenehm wurde!"

Yariv griff nach Angelos´ Hand.

„Versprich mir, dass du jetzt nicht sauer wirst. Zumindest nicht auf mich"

„Und wenn, reicht der Hundeblick und die Locke. Schieß los!"

„Du erinnerst dich, dass Khaleds Bruder Raschid mit dem Flugzeug abgestürzt ist. Und Khaled danach Emir werden sollte!"

„Natürlich. Als könnte ich das vergessen. Aber er hat abgelehnt, damit war die Sache erledigt", sagte Angelos.

„Was die Thronfolge angeht: ja. Allerdings war Khaled Alleinerbe – er war das einzige noch lebende Familienmitglied!"

„Er hat doch verzichtet", meinte Angelos und blieb stehen.

„Von wegen. Er bekam 85 Millionen Dollar. Das Geld wurde auf eurem Konto gutgeschrieben. Für zehn Minuten – dann verschwand es und landete auf einem Konto auf den Bermudas. Du hast kein einziges Mal einen Auszug zu Gesicht bekommen, oder?"

„N-nein", stammelte Angelos verwirrt. „Aber es wäre ohnehin nicht mein Geld!"

„Da irrst du dich. Bei einer Scheidung bekommst du die Hälfte!"

„Ich will sie aber nicht!"

„Angelos! Begreif endlich! Ihr hättet das Geld versteuern müssen. Erbschaftssteuer. Und da ihr gemeinsam veranlagt werdet, bist du mitschuldig. Das sind Steuern in Millionenhöhe …"

Langsam begriff Angelos.

„Ich wandere also in den Knast. Oder ich verliere zumindest meinen Posten und meinen Job. Auch recht. Dann werde ich Hausmann und du musst das Geld ranschaffen!"

Yariv grinste.

„Ranschaffen oder Anschaffen?"

Angelos lachte.

„Sie würden bei dir Schlange stehen!"

„Danke für das Kompliment, aber du musst Khaled zur Rede stellen. Und er muss die Steuern zahlen, sonst … Ich kenne dich schon so weit, dass du notorisch harmoniesüchtig bist. Aber das funktioniert so nicht. Abgesehen davon, dass er dich hintergangen hat", sagte Yariv.

Angelos ließ den Kopf hängen.

„Zumindest brauche ich jetzt kein schlechtes Gewissen mehr zu haben. Was will er denn mit dem Geld? Er hat doch alles, was man kaufen kann?"

„Sollte man eigentlich meinen. Ich wollte nur, dass du es weißt. Nicht um Khaled anzuschwärzen, sondern ..."

„ … um mich zu warnen. Schon verstanden. Lass mich darüber nachdenken. Erst holen wir uns diesen blöden Wisch, suchen den Mörder der zwei Sekretäre und dann klären wir alles mit Khaled", schlug Angelos vor.

„Und vor Letzterem graut es dir am meisten, oder?"

Angelos lächelte.

„Lieber zwei Morde als auch nur ein Beziehungs-drama!"

„Es ist dein letztes, dann herrscht Ruhe. Du bist angekommen", sagte Yariv.
Und tatsächlich empfand es Angelos so.
„Das Gefühl habe ich auch!"

Arm in Arm schlenderten sie zurück zum Haus.
Hieronymus stand am Fenster und lächelte.
Die zwei lieben sich wirklich, dachte er.
Sollen sie ihre Trauung bekommen.
Gott schützt die Liebenden – und zwar alle.

25

Es war 16 Uhr tags darauf, als das Handy brummte – aber das falsche.
Angelos raufte sich die Haare.
„Diese Idioten. Das Handy ist nicht sicher!"
Yariv gab die Daten in das Notebook ein.
„Das ist viel näher", sagte er erstaunt. „Höchstens fünf Minuten! Da stimmt etwas nicht. Vielleicht sind die Daten von der dritten Partei!"
Angelos überlegte.
„Nein. Macht keinen Sinn. Wir haben das Pergament noch nicht. Es müssen diese Deppen sein. Aber wir brauchen Rückendeckung. Deswegen hab ich die Übergabe auf abends

gelegt. Dann kann Abu die Drohne fliegen lassen. Es reicht auch die kleine!"

Er griff zu seinem Handy und rief Abu Bakar an.

„Was will mein Lieblings-Kommissar?", fragte Abu.

Angelos lachte.

Der Lieblings-Kommissar spricht mit dem Drogenkönig.

„Ich brauche deine Hilfe für die zweite Übergabe. Treffpunkt …"

Er nannte ihm die Koordinaten.

„Mir wäre es recht, wenn du es persönlich machst. Und vor allem auf ein zweites Boot achtest. Die Koordinaten kamen über ein ungesichertes Handy!"

„Gib mir mal …", sagte Yariv und nahm Angelos das Handy aus der Hand. „Abu? Hier Yariv. Ja, für immer. Hoffe ich. Ich hätte noch eine Bitte …"

Das Weitere verstand Angelos nicht mehr, denn Yariv ging nach draußen.

Als er wiederkam, sah ihn Angelos fragend an.

„Erst Pergament, dann Mörder. So war doch deine Reihenfolge, oder? Vertrau mir einfach", sagte Yariv.

Angelos lächelte.

„Tue ich!"

Gegen 19.30 Uhr verabschiedeten sich die zwei von Seiner Heiligkeit.

„Bei der Espresso-Maschine nur den Knopf drücken. In der Mikrowelle ist ein Moussaka", sagte Angelos.

„Was ist eine Mikrowelle?", fragte Hieronymus.

Yariv prustete los.

„Gut. Wir kommen mit Pergament und Pizza zurück", sagte Angelos.

„Und hoffentlich lebend", antwortete Hieronymus.

Angelos und Yariv fuhren aus dem Hafen. Der Treffpunkt war nur wenige Kilometer westlich von Delos.

Kurz vor acht war noch nichts zu sehen.

Angelos´ Handy vibrierte. Es war Abu.

„Angelos. Es kommen zwei Boote, hintereinander. Hast du genügend Feuerkraft? Wir wären in der Nähe!"

„Ich hoffe. Wie weit sind sie noch entfernt?"

„Moment. Beide haben keinen Transponder. Ich muss auf Sicht gehen und … verflucht … eine Störung. Auch beim Sonar. Bleib dran!"

Es dauerte quälende acht Minuten, bis Abu Neues mitteilen konnte. Es war bereits 20.10 Uhr.

„Ich hab sie wieder. Aber das hintere hat gewendet. Das vordere hält wieder Südkurs, aber nur ein Knoten. Pünktlichkeit ist nicht deren Stärke. Sechs Minuten bis sie da sind. Wir in drei. Bis gleich!"

„Mir gefällt das gar nicht", sagte Yariv.

„Geh nach unten!"

„Im Leben nicht!"

Tatsächlich traf Abu vor den Sahas-Brüdern ein. Er sprang von seiner deutlich größeren Yacht auf Angelos´ und Yarivs Boot. Kurz darauf näherte sich ein weiteres Objekt – quälend langsam.

„Was zum Teufel soll das?", schimpfte Angelos.

„Niemand am Steuer", sagte Yariv, der das
Fernglas in der Hand hielt.
„Und der Kurs führt sie von uns weg!"
Angelos überlegte kurz.
„Parallelkurs und nachsehen", schlug Abu vor.
Angelos nickte und startete den Motor.
Sie näherten sich dem führerlosen Boot, das sich
nur unmerklich vorwärts bewegte und von den
Wellen hin und her geworfen wurde.
„Was siehst du?", schrie Angelos in Richtung Abu.
„Leichen, Angelos, Leichen!"
Dann sprang Abu auf das andere Boot.

26

Die drei saßen an Bord von Abus Yacht.
„Nochmal zwei Tote, macht vier. Unsere
dritte Partei ist nicht zimperlich!"
„Das waren sie zumindest bei Seferis auch nicht.
Roidis bekam wenigstens einen Kopfschuss".
sagte Yariv.
„Aber den zweien auf dem Boot hat man zuerst in
die Knie geschossen und danach in den Kopf",
meinte Abu.
„Klar. Die Herren wollten wissen, wo das
Pergament ist und nachdem sie keine Antwort
bekamen, folgte der Kopfschuss. Danach haben
sie das Boot durchsucht und Flavius´ Brief

gefunden, befürchte ich. Tja, Kleiner, unseren Segen können wir wohl vergessen!"

Abu zog die Augenbraue hoch.

„Jetzt schon? Das ging aber schnell. Nur: du bist noch mit Khaled verheiratet!"

„Ich weiß", knurrte Angelos. „Aber das ist jetzt nicht wichtig. Können wir uns die Sonar- und Drohnenbilder nochmal anschauen?"

Abu nickte und so wechselten die drei vom Salon in den Technikraum.

Yariv schüttelte den Kopf. Er war zwar schon einmal hier, dennoch beeindruckte ihn erneut die Ausstattung.

„Das Sonar zuerst, Abu", bat Angelos.

Abu gab laute Befehle auf Arabisch.

„Libanesen", erklärte er.

Auf dem großen Schirm konnte man die Sonar-bilder sehen.

„Das ist ja wie ein Ameisenhaufen", sagte Yariv.

„Das ist auch die gesamte Ägäis, Idioten!"

Diesmal wurde Abu noch lauter.

Endlich erschien der Ausschnitt.

Mit dem Pointer zeigte Abu auf einen grünen Punkt.

„Das ist das Leichenboot. Sie waren deutlich zu früh!"

„Vielleicht wollten sie die Lage checken. Schauen, ob nicht verdächtige Schiffe in der Nähe sind", vermutete Yariv.

„Sie hätten nach hinten schauen sollen", meinte Angelos.

„Da hätten sie nichts gesehen. Hier kommt das zweite Boot. Abstand etwa zwanzig Minuten. Klar, die dritte Partei ging von 20 Uhr aus!"

Dann war der Bildschirm ausgefüllt durch das Wort ERROR.

„Kannst du die Drohnenbilder abspielen lassen? Mit Wärmebild?"

„Wenn du meinst. Aber die Aufnahmen sind sehr schlecht und teilweise gestört!"

Und das waren sie auch.

Aber eines konnte man sehen: die Sahas-Brüder hatten den Kurs geändert. Die Verfolger jedoch nicht – sie waren auf den Treffpunkt fixiert.

„Wo wollen die hin?", fragte Angelos.

„Eher wollten. Es sieht aus als hielten sie Kurs auf Delos!", vermutete Yariv.

Abu unterlegte die Karte.

„Dein Kleiner hat recht. Jetzt wird das Bild besser!" Eine Minute folgten sie den Bildern, ohne ein Wort zu sagen.

Das erste Boot stoppte am westlichen Ende von Delos.

„Sie gingen an Land", sagte Angelos aufgeregt. Und tatsächlich. Zwei Wärmequellen blieben stationär – der Mann am Ruder und der Motor – die dritte aber bewegte sich über den Inselrand auf der Karte hinaus, verharrte eine Minute und ging wieder zurück. Dann fuhr das Boot wieder auf den korrekten Kurs zurück. Durch den Stopp war der Vorsprung vor den Verfolgern erheblich geschrumpft.

Nach wenigen Minuten verschmolzen die beiden Punkte und bewegten sich nicht mehr.

„Das war das Ende", sagte Abu.

Die Verfolger drehten ab.

Das Boot der Sahas-Brüder hingegen tuckerte gemächlich in Richtung Treffpunkt.

„Gashebel auf unterste Stufe und dann hinübergesprungen", vermutete Abu.

„Die Karte bitte nochmal, Abu", sagte Yariv.

„Gut, wir hoffen, sie haben das Pergament versteckt. Offensichtlich haben sie uns beiden nicht getraut. Tja, die Gefahr lauerte auch ganz woanders", fügte Yariv hinzu.

Angelos zoomte die Karte.

„Er war ungefähr am Ufer des ‚Heiligen Sees", sagte Angelos.

„Er hat das Pergament in einen See geworfen? Was für einen Sinn macht das denn?", fragte Yariv.

Angelos grinste.

„Das ist kein See mehr. Der wurde in den Zwanzigern trockengelegt wegen Malaria!"

„Na, dann nichts wie hin", sagte Abu, doch Angelos winkte ab.

„Das Pergament läuft uns nicht davon und es ist kein Regen angesagt!"

„Du willst es nicht holen? Hast du den Verstand verloren?", fragte Yariv.

„Überleg doch mal. Das ist die einzige Chance, die dritte Partei wieder anzulocken!"

„Aber die wissen doch nicht, wo sie suchen müssen", meinte Abu.

„Doch – wenn wir es ihnen sagen", entgegnete Angelos.

„Jetzt verstehe ich nichts mehr", sagte Yariv.

„Neben dem Handy müssen auch Hieronymus´ Räume in Athen verwanzt sein. Sie wussten ja von der Existenz des Briefes und den Forderungen. Darüber haben Hieronymus und Seferis im Büro gesprochen. Wir schicken Hieronymus zurück nach Athen. Dort wird er laut und deutlich ein Telefonat mit mir führen. Ein Telefonat, in dem ich ihm mitteile, dass wir vermuten, dass das Pergament auf Delos liegt. Nicht zu genau – sagen wir am Westufer. Hieronymus wird fragen, wann und dann meine Antwort wiederholen: ‚Morgen, nach Schließung, aber vor der Dämmerung'. Morgen heißt übermorgen, wenn das Telefonat morgen stattfindet!"

„Und wir suchen schon morgen früh, unauffällig, während des Besucherbetriebes", vermutete Yariv.

Angelos nickte.

„Für den Fall, dass wir Beschatter haben, ja. Aber zu dem Zeitpunkt wissen sie noch nichts von Delos. Sie bräuchten ein Boot, um überzusetzen oder sie müssten auf die nächste Touri-Fahrt warten!"

„Oh je, früh aufstehen", jammerte Yariv.

„Sehr früh. Aber vielleicht bietet uns Abu ein Nachtquartier an?", fragte Angelos grinsend.

„Und Seine Heiligkeit?"

„Rufen wir an. Er soll einen frühen Flug nehmen, sofort ins Büro, oder wie immer das auch bei der

Kirche heißt, damit er von dort telefonieren und abgehört werden kann", sagte Angelos.

„Aber bei unserer Falle übermorgen brauchen wir deine Hilfe – und Feuerkraft", sagte er zu Abu.

Abu Bakar nickte.

„Ich habe es schon verstanden. Ihr wollt heute auf einer Yacht vögeln! Dabei hast du doch eine eigene!"

„Die Zeiten sind vorbei, Abu. Und ich hoffe, du akzeptierst Yariv!"

„Weil er Jude ist? Mach dich nicht lächerlich. Ich mag ihn. Außerdem haben wir beide doch erst gestern telefoniert", sagte Abu und deutete auf Yariv.

Der verdrehte die Augen.

Angelos zog die Augenbraue hoch.

„Oops", meinte Abu. „Ich bin dann mal weg. Wenn ich wegen eurem Geschrei nicht schlafen kann, fliegt Ihr über Bord. Kali nichta!"

Als Abu gegangen war, packte Angelos Yariv am Genick und sagte:

„Ich werde dich heute solange nicht anfassen, bis du mir das eben erklärst!"

„Nicht anfassen? Das ist gemein. Außerdem hältst du das ohnehin nicht aus!"

Yariv grinste, gefolgt von Hundeblick und Lockedrehen.

„Verflucht", knurrte Angelos.

27

Am nächsten Morgen stolperte Angelos die
Stufen hoch.

Abu Bakar saß an einem reich gedeckten
Tisch und war offensichtlich bester Laune.

„Sag mal, hast du einen Koch an Bord?", fragte
Angelos.

Abu starrte ihn an, als wäre er nicht ganz bei Trost.

„Und was mache ich, wenn der Koch krank wird?
Ich habe immer zwei an Bord!"

Angelos lachte.

„Der Spruch hätte von Khaled sein können!"

Abu schaute ihn skeptisch an.

„Ist mit Khaled alles geklärt?"

„Es gibt noch ein paar Dinge", wich Angelos der
Frage aus.

„Aha. Also ich mag deinen Kleinen. Sieht gut aus,
hat was in der Birne – und das Wichtigste: ich
habe dich noch nie so strahlen gesehen!"

„Er ist es. Kriege ich das nicht auf die Reihe, bin
ich ein Idiot und ein Arsch dazu", sagte Angelos.

„Und das bist du nicht. Setz dich nicht unter Druck.
Lass dich einfach fallen!"

„Ich wusste nicht, dass Drogenhändler auch
Psychotherapeuten sind", sagte Angelos grinsend.

„Importeur, bitte!"

Beide lachten, als Yariv auf der Bildfläche
erschien. Oder besser: er versuchte es.

Nur mit Mühe kam er die Treppe hoch und das nur in der Körperhaltung eines Gorillas mit Bandscheibenvorfall.

„Abu, dein Freund ist ein Monster. Godzilla mit schönem Gesicht", sagte Yariv.

Abu lachte.

„Gut. Dann macht Godzilla eine Woche Pause", sagte Angelos.

„Hältst du eh nicht durch", antwortete Yariv grinsend.

„Ich bin auch noch da. Also bitte keine Gespräche über Sex", sagte Abu. „Wann möchten die Herren nach Delos? Ich nehme an, ihr wollt ein kleines Boot, um nicht aufzufallen!"

Angelos nickte.

„Und das Boot soll euch dann, wenn ihr den Brief gefunden habt, nach Hause bringen, richtig?"

„Das wäre sehr nett. Und morgen bräuchte ich dann dich, deine Männer und die Yacht, um die dritte Partei festzunehmen!"

„Oder noch besser: wegzuputzen", sagte Abu grinsend. „Und ich darf dann die Sauerei aufräumen und im Meer versenken!"

„Könnte sein", meinte Angelos.

„Sollten wir die Täter nicht besser überführen?", fragte Yariv.

Abu lachte laut los.

„Sagte ich doch: die Herren bekommen eine Überführung!"

Tatsächlich war es nur ein einzelner Herr.

Aber der war vom Fach.

28

Kloster Trisulti

Kardinal Pacelli fluchte. Die Versammlung konnte nicht beginnen: es fehlte noch der Innenminister.

Dann rauschte er in den großen Versammlungsraum. Mit dem Gang eines Trampels, der er auch war.

„Buon giorno, Kardinal", sagte er.

Es heißt Eminenz, du campesino. Bauer.

„Nachdem wir nun vollzählig sind, können wir die aktuellen Ereignisse besprechen", sagte Pacelli.

„Verzeihung, aber ich war die letzten beiden Sitzungen nicht anwesend. Ich musste Flüchtlingsboote quasi persönlich zurück ins Meer schieben", sagte der Innenminister.

Gelächter im Raum.

Pacelli seufzte.

„Sie wissen aber schon, dass es um ein Perga …"

„Jaja. Mehr aber auch nicht!"

Pacelli war fassungslos, dass der Innenminister ihn unterbrochen hatte. Er seufzte. Leider kann man sich seine Verbündeten nicht aussuchen.

„Gut. Also von vorne. Das Pergament, genannt Flavius´ Brief, lag unentdeckt in einem Bazar in Smyrna!"

„Smyrna? Wo ist denn das?", bellte der Minister.

„Izmir. Nur erkennen wir die Umbenennung durch die Moslems nicht an. Jedenfalls erkannte niemand den Wert des Pergaments. Bis der Sohn, der zum Verdruss seines Vaters Archäologie studierte, beim Ausräumen den Brief fand. Er sollte in Kürze das Geschäft übernehmen und rümpelte aus. Er erkannte, dass er etwas Besonderes in den Händen hält und schickte eine kleine Probe an ein Institut in Ankara. Das bestätigte das Alter. Den Text ließ er übersetzen, weil sein Latein doch nicht so fließend war, wie es hätte sein sollen!"

„Wer braucht schon eine tote Sprache", knurrte der Innenminister.

Du nicht, dachte Pacelli. Campesino.

„Natürlich konnte er seinen Mund nicht halten und weihte seinen Vater ein, der es im Café jedem erzählte, der es hören wollte! Und nicht alle Zuhörer waren ehrbar. Das Pergament wurde gestohlen und nach Athen verkauft. Es gelangte in den Besitz von Kriminellen. Durch die Erzählungen wussten sie vom Wert des Briefes.

Nun, wie Sie wissen, sind die Räume des Metropoliten von Athen von uns mit Abhörgeräten ausgestattet worden!"

„Also Wanzen", bemerkte der Minister.

Was sonst, dachte Pacelli und nickte.

„So erfuhren wir von der Existenz. Denn diese Kriminellen wollten Geld von den Abtrünnigen!"

„Abtrünnige?", fragte der Innenminister.

„Die Orthodoxen", blaffte Pacelli zurück.

„Wir hörten alle Gespräche zwischen Hieronymus und seinem Sekretär ab. Dann hat uns unser Mitglied Conte einen Mitarbeiter zur Verfügung gestellt!"

Conte, fettleibig und mit Sonnenbrille, nickte. Wie die Karikatur eines Mafioso, dachte Pacelli. Kein Mann für Subtiles.

„Gleichzeitig haben wir Kardinal Mendez in Athen eingeweiht, da er zu unserem Kreis gehört!"

„Er hofft wohl auf einen größeren Palast", bemerkte der Minister und lachte über seinen eigenen Witz.

Und du willst in den Chigipalast, dachte Pacelli.

„Das Problem war Mendez´ Sekretär, der zu den sogenannten Moderaten gehört und mit den Orthodoxen zusammenarbeiten wollte. Da er drohte, unsere Anstrengungen zum Wohl der wahren Kirche des Herren publik zu machen, musste er seine letzte Reise antreten!"

„Heißt: man hat ihn beseitigt", kommentierte der Minister.

Nein, wir haben ihn zu einem Pauschalurlaub eingeladen. Depp, dachte Pacelli.

„Wir mussten die schnelle Übergabe verhindern. Deswegen musste Seferis, Hieronymus´ Sekretär, ebenfalls vorzeitig verscheiden!"

Pacelli wartete auf einen dummen Kommentar, aber diesmal hatte es der Minister verstanden.

„Leider hat Hieronymus den örtlichen Kommissar eingeweiht und ihn kurzfristig gebeten, das Handling der Übergabe zu übernehmen. Der Mann, Angelos Nikakis, hat die Rückendeckung des Premierministers!"

„Wir haben eine Wanze in der Villa Maximo?", fragte der Minister.

„Maximos, Herr Minister. Und: ja!"

„Nikakis hat ein Verhältnis mit einem anderen Kommissar", sagte Pacelli. „Er ist ein Sodomit und sein Freund auch. Zudem ist Letzterer Jude!"
Des Ministers Gesicht wurde rot.
„Die Stützen des Systems. Schwule und Juden!"
„Die erste Übergabe scheiterte, weil die Kriminellen den Athener Kommissar erkannten!"
„Warum waren wir nicht vor Ort?", fragte der Minister.
Deine erste halbwegs brauchbare Frage, dachte Pacelli.
„Weil Nikakis das Handy gewechselt hatte. Wir kannten den Treffpunkt nicht. Beim zweiten Versuch aber machten die Kriminellen den Fehler, die Koordinaten auf das alte Handy zu schicken. Wir folgten dem Boot und stoppten es, aber das Pack, zwei Männer, hatte das Pergament nicht dabei – oder unser Mitarbeiter hat es nicht gefunden. Er hatte nicht viel Zeit. Nikakis ist befreundet mit einem Drogenhändler und dessen schnelle Yacht lag in der Nähe. So hatte es uns unser Mann bei der Küstenwache berichtet!"
„Es gibt noch wahre Gläubige", sagte der Minister.
„Es gibt vor allem Gierige", antwortete Pacelli. „Nun: das Pergament ist weg, aber sicher nicht endgültig. Eine Durchsuchung des Schuppens der Sahas-Brüder, so heißen die Kriminellen, ergab nichts!"
„Und was ist mit den beiden Männern passiert?", fragte der Minister.

„Sie sind zur Läuterung im Schoße des Herrn",
sagte Pacelli. „Heißt: auf dem Meeresgrund!"
„Ich fasse zusammen: es war alles für den Arsch",
sagte der Innenminister.
Pacelli verdrehte die Augen.
„Nein. Nikakis wird es finden. Migiakis hat ihn im
Telefonat mit Hieronymus über den grünen Klee
gelobt. Findet er es, ruft er Hieronymus an und wir
erfahren davon. Der falsche Kardinal", Pacelli
vermied das Wort ‚Metropolit', „ist heute nach
Athen zurückgekehrt!"
„Heißt, wir müssen die Übergabe von diesem
Nikakis an Hieronymus stören", schlug der Minister
vor.
„Oder wir schicken Nikakis ebenfalls in die Hölle.
Vorher!"
Die Mitglieder nickten.
„Um einen Hinterlader ist es nicht schade. Und bei
der Gelegenheit verschwindet auch sein Jude",
sagte der Minister. „Ich kann das Pack nicht
ausstehen!"
Ja genau, dachte Pacelli. Plumper Antisemitismus
passt hervorragend zu dir!

29

Abus Schlauchboot setzte Angelos und Yariv am Ufer ab, nördlich der eigentlichen Mole.

„Gut. Gib mir mal die Karte", sagte Angelos.

Abu hatte das Bewegungsprofil des Mannes auf eine normale Karte von Delos aufgedruckt.

„Er war sechs Minuten auf der Insel, mindestens vier brauchte er vom Ufer zum See!"

„Der keiner mehr ist. Also hatte er maximal zwei Minuten, ein Versteck zu finden!", sagte Yariv.

Sie passierten die Löwen von Delos.

„Die sind ganz schön lädiert", bemerkte Yariv.

„Nach 1500 Jahren sind auch wir nicht mehr ganz taufrisch. Außerdem sind es nur Kopien. Die echten stehen unten im Museum", sagte Angelos.

Sie erreichten den Heiligen See.

„Ganz schön trostlos", meinte Yariv.

Und er hatte recht. Der See bestand nur noch aus Geröll. In der Mitte ragte eine einzige Palme aus der Steinwüste heraus.

„Sahas hat das Pergament bestimmt irgendwo deponiert, wo er es sicher wiederfindet. Und er war in Eile", sagte Angelos.

„Laut Plan kam er fast bis zur Palme", meinte Yariv.

Doch weder auf dem Weg dorthin, noch um die Palme herum, fand sich ein Gegenstand, der dort nicht hingehört.

„Was ist, wenn wir vollkommen falsch liegen? Und der Brief gar nicht hier ist?", fragte Yariv.

„Was hat Sahas dann hier gewollt? Zu Apollon beten?"

Angelos schaute sich um.

„Die Löwen! Er hat den Brief auf dem Rückweg versteckt!"

Die Löwen 1 – 4 waren eine Niete. Löwe Nummer fünf hatte einen Riss im Sockel und dort steckte eine Plastiktüte.

Angelos lächelte.

„Kleiner! Ich glaube, wir bekommen unseren Segen!"

30

Hieronymus war hocherfreut, als ihm Angelos Vollzug meldete. Allerdings durfte er es nicht zeigen. Feind hört mit.

Da Hieronymus etwas vergesslich war, hatte er sich den Dialog notiert.

„Sie glauben, den Ort zu kennen, an dem Brief liegt?"

Antwort.

„Auf Delos? Wie passend. Dort lag er 1500 Jahre!"

Antwort.

„Und haben Sie ihn schon? Nicht? Warum?"

Antwort.

„Ah. Zu viele Touristen tagsüber. Also morgen Abend, nach Schließung der Insel. Hervorragend. Dann viel Glück, Herr Kommissar!"

Hieronymus legte auf und war zufrieden mit sich.

Das Frühaufstehen hinterließ seine Spuren bei Angelos und Yariv. Müde trafen sie in Ornos ein.

Doch Ruhe war ihnen nicht vergönnt.
Angelos´ Handy brummte.
Es war Hieronymus.
„Sie rufen doch …"
„ … von einer Telefonzelle an. Ich musste eine Stunde laufen, um eine zu finden", sagte Hieronymus fast empört.
„Angelos" – er wechselte ständig zwischen ‚du' und ‚Sie' oder ‚Herr Nikakis', „der Rechtsanwalt von Seferis hat mir ein Kuvert geschickt. Er sollte dies nach Seferis´ Tod mir zukommen lassen!"
„Und was ist drin?", fragte Angelos.
„So eine silberne Scheibe. Schiebt man die in den Fernseher?"
Angelos lachte.
„Ja und nein, Heiligkeit. Das ist eine CD. Sie haben doch sicher jüngere Priester in Athen. Oder zumindest in der Buchhaltung jemand sitzen, der sich mit Computern auskennt!"
„Könnte sein. Und was sollen die tun?"
„Die Dateien mir schicken. An angelos-nikakis@yahoo.com!"
„Et was? Und Juhuu? Den Rest habe ich ohnehin nicht verstanden", sagte Hieronymus.

„Sagen Sie nur ,angelosminusnikakis und yahoo.
Y.A.H.O.O. Das begreift er schon!"

31

Im Kommandoraum auf Abus Yacht saßen Abu,
Angelos und Yariv.
„Funkgeräte mit offenem Kanal, dass sie uns
auch sicher verstehen. Nach dem Funk wieder
den Störsender", sagte Angelos.
„Hubschrauber oder Boot?", fragte Abu.
„Ich tippe auf Boot. Für einen Hubschrauber ist
Delos etwas holprig. Dein Arsenal ist bereit?",
fragte Angelos.
Abu nickte.
„Na, dann mal los!"

Das Boot mit zwei von Abus Männern brachte
Angelos und Yariv zum Ufer. Nach wenigen
Metern Geröll bekam die beiden festen Boden
unter den Füßen und setzten die Nachtsichtgeräte
auf. Außerdem ließen sie die Maglites leuchten
und blinken, schließlich wollte man gesehen
werden. Sie gingen Richtung Heiliger See und
konnten die Umrisse der Palme erkennen. Links
tauchten die Löwen aus der zunehmenden
Dunkelheit auf.

„Weste kontrollieren, Kleiner – könnte ein Scharfschütze sein!"

„Worauf soll er denn liegen? Hier bricht doch eh bald alles zusammen", antwortete Yariv.

„Showtime", sagte Angelos und griff zum Funkgerät.

„Objekt gefunden. Am Heiligen See!"

Was würde nun passieren? Angelos rechnete mit einem Schnellboot. Eventuell würde es erst beim Übersetzen nach Mykonos angreifen, aber dann könnte der Brief verlorengehen. Also eher unwahrscheinlich.

Weiteres Sinnieren erübrigte sich. Wie aus dem Nichts kam von Rhenia ein Hubschrauber herangepprescht. Er schwenkte auf die Süd-Nord-Linie ein und ließ eine Kaskade an Salven los.

Sie flogen etwas links der Linie und so erwischten sie das Boot. Der Hubschrauber stieg auf und fiel nach links ab – das schnellste Wendemanöver. Dieses Mal flog er exakt die Linie – doch Angelos und Yariv gingen zwischen den Löwen in Deckung.

Dann stand der Pilot vor der Frage, wie er die Ost-West-Linie anfliegen sollte. Nach links oder rechts. So würde er die Männer zwischen den Löwen ins Visier nehmen können.

Der Pilot entschied sich für rechts. Ein folgenschwerer Fehler, denn er musste nochmals nach rechts fliegen und hielt dann auf den See und die Löwen zu. Leider übersah er, dass zwischen ihm und Delos Abus Yacht lag.

„FLAK", brüllte Abu.

Ein kleiner Blitz erhellte den Himmel, gefolgt von einem Schweif. Der Hubschrauber explodierte und seine Rotoren flogen bis zur Insel.

Angelos und Yariv liefen zum Ufer, dort bestätigten sich ihre Befürchtungen. Abus Beiboot und die zwei Männer waren Geschichte.

„Abu? Deine Männer sind tot!", sagte Angelos.

„Kommt zur normalen Mole. Ich suche nach Überlebenden!"

Angelos und Yariv liefen schnellen Schrittes die Heilige Gasse entlang und bogen dann nach rechts ab.

Abus Yacht lag noch gut 500 m entfernt, näherte sich aber.

„Schönes Feuerwerk, nicht?", fragte Abu. nachdem Angelos und Yariv an Bord gesprungen waren.

„Was zum Teufel war das? Eine Flak-Batterie?", fragte Yariv.

„Nö. Eine ‚Patriot'. Altbestand aus dem Irak. Sehr günstig!"

„Es tut mir leid um deine Männer", meinte Angelos.

„Leidtun sollte dir der, den wir aus dem Wasser gefischt haben. Er wird dafür bezahlen!"

„Lass mich raten: als erstes verliert er seine Fingernägel", sagte Angelos grinsend.

„Aber nein. Du bist von gestern. Heute reißen wir ein paar Zähne und spritzen Trockeneis in die Löcher!"

Yariv jaulte.

„Siehst du, Angelos. Schon die Vorstellung reicht aus. Danach werde ich die gute alte Nagelpistole herausholen. Ich bin in nostalgischer Stimmung!"
Dann machte Yariv einen Fehler.
„Die Nagelpistole? Wofür?", fragte er.
„Fürs Dartspielen, Yariv. Und das Bull´s-Eye sind die Eier des Dreckskerles!"
Yariv fragte nichts mehr.

32

Mykonos-Ornos

Es war nach Mitternacht, als Angelos und Yariv in ihre Betten in Ornos fielen. Gegen Mittag läutete es an der Türe.
„Ich geh schon", knurrte Yariv.

„Kalimera. Ein Einschreiben für unseren verliebten Bürgermeister. Aus Deutschland", sagte Giorgios, ihr Postbote.
„Aus Deutschland?", fragte Yariv und nahm den Umschlag.
„ANGELOS! POST AUS DEUTSCHLAND!"
Angelos kam torkelnd die Treppe herunter.
„Mach es auf!", sagte er.
„Ich kann kein Deutsch", sagte Yariv.

Also gab Angelos nach. Der Brief kam vom Standesamt München.
Was wollen die denn von mir?
Sehr geehrter Herr Nikakis!

Leider haben wir für Sie eine unangenehme Mitteilung. Ihre mit Herrn Khaled al-Mussawi geschlossene Ehe ist rechtsungültig.
Bei einer Überprüfung wurde festgestellt, dass der für die Heirat benötigte Totenschein von Herrn Alexandros Nikakis zwar korrekt ausgestellt wurde, jedoch hat das Deutsche Konsulat die vorgeschriebene Übersetzung unterschrieben, aber das zwingend notwendige Dienstsiegel vergessen.
Die Angelegenheit kann wie folgt bereinigt werden:
Sie lassen die Übersetzung mit Siegel versehen und senden sie uns zu. Dann wäre Ihr Stand ‚ledig, verwitwet' und damit heiratsfähig.
Allerdings müsste die Heirat mit Herrn al-Mussawi dann erneut vollzogen werden. Da der Fehler aufseiten deutscher Behörden liegt, würden Ihnen natürlich die fälligen Gebühren erlassen.
Wir bedauern diesen Fehler, hoffen aber, dass die Angelegenheit bald geklärt ist.

Angelos ließ den Brief fallen.
„Jetzt dreh ich endgültig durch!"
„WAS IST? WAS STEHT DRIN?", drängelte Yariv.
„I-Ich war nie mit Khaled verheiratet. Bei dem Totenschein hat ein Siegel gefehlt. Ich bin … ledig!"

„JUHUUUUUUU", schrie Yariv, sank vor Angelos auf die Knie und fragte: „Bitte heirate mich!"

Es folgte der Hundeblick und das Lockedrehen. Angelos lachte laut.

„Kleiner. Du kennst mich seit sechs Wochen!"

„Ja und? Sag nicht, wir passen nicht perfekt zusammen. Liebst du mich?"

„Über alles, Yariv, aber … ich weiß nicht …!"

Yariv stand auf und sagte:

„Gut. Ich werde dich nicht drängen. Aber ich werde dich während jedem Sex fragen und irgendwann wirst du das ‚Ja' winseln!"

„Mir dreht sich alles. Lass uns erstmal ins Bett gehen", bat Angelos.

„Klar. In schätzungsweise 22 Minuten werde ich dich das erste Mal fragen", sagte Yariv grinsend.

„Ich bin mir nicht sicher, ob es gut für dich ist, Kleiner!"

„Da mach dir mal keine Gedanken. Das muss ich einschätzen – und mein Ergebnis lautet: auf jeden Fall!"

25 Minuten später stand Angelos kurz vor der Explosion, als Yariv erneut fragte.

Als Antwort erhielt er ein langgezogenes „JAAAAA!"

Drei Minuten später, als beide wieder leidlich sprechen konnten., drehte sich Yariv zu Angelos und sagte:

„Gut. Der Zeitpunkt der Frage war etwas hinterhältig. In Wirklichkeit will ich dich nicht drängen. Aber du sollst wissen, dass ich dich nicht mehr hergebe!"

Angelos drehte sich zu Yariv, sah ihm in die Augen und sagte:
„Wie klingt das für dich? Yariv Nikakis…"
Yariv strahlte.
„Es klingt wie ein Wunder! Warte!"
Yariv sprang aus dem Bett, verließ das Schlafzimmer und kam mit seinem Zeichenblock zurück. Er ließ sich in den Sessel fallen und begann zu zeichnen.
„Ich möchte den Moment festhalten. Den Tag. Kindisch?"
„Ach was. Ich find´s toll. Ich bin künstlerisch sowas von unbegabt. Mein Zukünftiger ist Künstler – klingt gut!"
„Vor allem der ‚Zukünftige' klingt gut!"
Der ganze Kerl strahlt, dachte Angelos.
Zehn Minuten später war Yariv fertig – und Angelos sprachlos.
„Grundgütiger. Dein Talent ist bei der Kripo echt verschwendet. Das ist Klasse!"
„Danke, Großer. Und ab heute bin ich hauptberuflich Maler – und dein Hilfskommissar!"
„Und du wirst Yariv Nikakis, mein Mann!"
Yariv konnte nur nicken, denn es liefen ihm Tränen über die Wangen.
„Herrgott! Die CD! Die hätte ich jetzt fast vergessen", sagte Angelos und sprang aus dem Bett.
„Komm!"

33

M ein Name ist Panos Roidis. Und ich befürchte, ich bin bereits tot, wenn Sie diese CD eingelegt haben!"
Tatsächlich hatte die orthodoxe Kirche es geschafft, eine mp4-Datei von einer CD zu importieren und als Mailanhang zu schicken.
„Der Mann auf dem Bildschirm sieht mitgenommen aus!", meinte Yariv.
„Kurz darauf sah er noch sehr viel mitgenommener aus. Nämlich tot", bemerkte Angelos.
„Ich bin Sekretär seiner Exzellenz, Kardinal Mendez von Athen. Über fünf Jahre bin ich ihm ein treuer Mitarbeiter gewesen, auch wenn mir seine Amtsführung teilweise missfiel. Mit jeder Faser war ihm anzumerken, dass dies nicht der angemessene Platz für ihn sei. Schließlich ist er nur der Oberhirte von 6.000 Gläubigern. Es war ihm alles zu dörflich und nebenbei bemerkt: die Gläubigen – die wenigen, die wir haben -, mochten ihn nicht!"
Roidis holte tief Luft.
„Ich habe mich immer bemüht, die Kontakte zu unseren Brüdern der orthodoxen Kirche, zu verbessern. Mendez hingegen hat alle meine Bemühungen konterkariert. Er weigerte sich, Seine Heiligkeit Hieronymus zu treffen oder über gemeinsame caritative Maßnahmen auch nur zu sprechen.

Das wäre schon genug, um meinen Posten zu räumen. Ich wurde jedoch Zeuge eines Gesprächs mit einem Mitglied der Kurie in Rom. Es ging um ein Pergament, das zufällig entdeckt wurde und das wir in unseren Besitz bringen sollten. Mit allen dazu notwendigen Mitteln. Ich habe Mendez mehr im Scherz gefragt, ob wir dafür auch töten sollten – und er meinte: ‚wenn es sein muss'. Auf meine Frage, woher die Kurie - oder er - überhaupt von dem Dokument erfahren hat, gab er unumwunden zu, dass er Hieronymus observieren ließ, was wohl auch akustische Überwachung beinhalten musste, sonst hätten sie nicht von Flavius´ Brief erfahren. Seine Absicht war, diesen Brief dazu zu benutzen, um die Orthodoxie bloßzustellen. Ich war entsetzt, da dies unsere Brüder und nicht unsere Feinde sind. Ich sollte die Mitarbeiter führen, die die Beschaffung tätigen. Auf Nachfrage, welche Mitglieder der Kurie dies wären, grinste Mendez nur und sagte, es wäre nur ein Herr und der käme nicht aus Rom, sondern wohl eher aus Neapel. Mendez hat geheime Kontakte zu einer Vereinigung, die das Ansehen der Kirche beschmutzt. Diese Organisation hat ihren Sitz in der Klause Trisulti. Ich habe zufällig ein Telefonat mitgehört, in dem es um die Ermordung von Sekretär Seferis ging. Mehr brauche ich dazu nicht zu sagen. Ich habe den Befehl, die Angelegenheit zu übernehmen, verweigert und um meine Versetzung in ein Kloster gebeten.

Aber ich hege die Befürchtung, dass ich dieses Kloster nicht lebend erreiche. Wer immer dies sieht: Mendez ist eine Schande für unsere Kirche und wenn man ihn durch meine Mitteilung stoppen kann – rechtzeitig -. dann war mein Tod nicht umsonst!"

Yariv sah Angelos an und meinte:
„Du bist nicht sehr überrascht, oder?"
„Nein. Oberste Regel: cui bono? Wer profitiert von dem Brief? Einzig und allein die katholische Kirche!"
„Herrje. Die Kirche als Gegner ist schlimmer als Al-Qaida", sagte Yariv.
„Und genauso skrupellos. Siehe Seferis. Sechs Tote für einen Brief!"
„Vielleicht ist es nur ein kleiner Kreis der Kurie, der hinter allem steht. Wenn nicht, gibt es einen Riesenskandal!"
„Den du sicher nicht verhindern willst", fügte Yariv hinzu.
„Im Leben nicht. Allein schon wegen dieses Mannes!"
Angelos zeigte auf das stehende Bild von Roidis.

34

Auf diesen Anruf freue ich mich", sagte Angelos und tippte auf „Siopsis" – Polizeipräsident von Athen.
Und eben jener zeigte sich zunächst wenig erfreut über den Anruf.

„Wann bekomme ich jetzt meinen Kommissar Markaris zurück?"

„Welchen Kommissar Markaris? Den Namen kenne ich nicht!"

Angelos konnte nur mit Mühe ein Lachen unterdrücken.

„Du weißt genau, wen ich meine. Den armen Kerl, der in deine Rosettenfalle getappt ist", knurrte Siopsis.

„Ach, du meinst den Kollegen Yariv Nikakis?"
Es folgte Stille.

„Was bitte? Wieso Nikakis? Du wirst ihn doch nicht geheiratet haben? Dann wärst du ein Bigamist!"
Jetzt musste Angelos doch lachen.

„Wir werden heiraten und Seine Heiligkeit, Hieronymus I. wird uns persönlich trauen!"
Siopsis verschluckte sich an seinem Riesenstück Sahnetorte und begann zu röcheln.

„Die Kirche traut keine Schwulen!"

„Stimmt. Aber uns schon. Denn wir haben der Kirche einen großen Gefallen getan!"

„Aber du bist noch mit Khaled verheiratet!"

„Nein, nicht wirklich. Die Deutschen haben ein Siegel vergessen und deshalb ist die Heirat rechtsungültig. Praktisch, nicht? Und weil Yariv meinen Namen haben möchte, haben wir eine standesamtliche Namensänderung vorgenommen. Geregelt wurde das Ganze von einem gutaussehenden und smarten Bürgermeister, der dem ehemaligen Herrn Markaris auch die Gebühren erlassen hat!"

Jetzt lachte Siopsis laut.

„Und war der arme Kerl bei Bewusstsein, als er ‚Ja' gesagt hat?"

„Er hat gefragt. Er ist sogar vor mir auf die Knie gegangen. Romantisch, nicht? Aber ich bin noch nicht ganz fertig. Natürlich kündigt Yariv und wir eröffnen im nächsten Jahr eine Galerie. Er ist ein wirklich talentierter Maler!"

Siopsis brabbelte vor sich hin.

„Soll ich euch jetzt auch noch beglückwünschen? Er war ein hervorragender Kommissar!"

„Das ist er immer noch. Aber er hat noch ganz andere Fähigkeiten!"

„Von denen ich nichts wissen will. Und ich habe euch auch noch miteinander bekannt gemacht. Ich Idiot. In Zukunft teile ich dir nur noch Lesben zu!"

Angelos lachte laut.

„Bitte nicht. Nun freu dich doch mit uns!"

„Also gut. Glückwunsch. Was willst du sonst?"

Siopsis würde sich freuen, aber frühestens morgen.

„Ich möchte beim Kardinal von Athen einbrechen, also dem katholischen", sagte Angelos und ahnte schon, was kommen würde.

„Hat dir dein neuer Mann den Verstand wegge-
blasen?", blaffte Siopsis.

„Fast. Das kann er übrigens gut. Es geht aber noch
weiter. Ich möchte ein paar Wanzen installieren!"
Man hörte, dass Siopsis kurz vor einem Erstickungs-
anfall stand.

„Wir sind hier nicht auf Mykonos, wo kein Rechts-
staat existiert!"

„Dafür ist Mykonos korruptionsfrei und die Bürger
glücklich!"

„Touché", sagte Siopsis und gab auf.

„Und wie soll ich zu dem Rechtsbruch beitragen?"

„Ich brauche zwei Feuerwehr-Uniformen, ein paar
Rauchbomben und einen Anruf beim
Kommandanten der zuständigen Feuerwehr",
sagte Angelos.

Als er Siopsis kurz schilderte, was er vorhatte,
stöhnte dieser.

„Du konntest mir noch nie einen Wunsch abschla-
gen, weil ich für dich wie ein eigener Sohn bin",
sagte Angelos.

„Ach, fahr zum Teufel", antwortete Siopsis.

„Ich hab dich auch lieb, Ektor!"

35

Zu blöd, dass das Arschloch aus dem Hubschrauber gestorben ist", sagte Angelos.
„Beim Anblick der Nagelpistole hätte ich es auch vorgezogen zu sterben", meinte Yariv. Angelos lachte.

„So weit kam es laut Abu gar nicht. Also bleibt uns nur die Feuerwehr-Show!"

„Du in Feuerwehr-Uniform. Da werde ich bestimmt geil", sagte Yariv grinsend.

„Ein Feuerwehrmann hat immer ein Beil dabei. Ich hacke dir die Hand ab, wenn du zu fummeln anfängst, Kleiner", antwortete Angelos.

Mangels eigenen Jets und Hubschrauber mussten die beiden mit einem der altersschwachen Volotea-Clipper nach Athen fliegen und sich dann im Präsidium umziehen. Siopsis hatte die Uniformen an der Pforte deponiert und dem Pförtner verboten, mit irgendjemand darüber zu sprechen, geschweige denn die Herren anzusprechen. Mit einem der schwarzen Vans der Kripo fuhren sie zur Bistumsverwaltung neben Agios Dionysios.

„Danke, dass du fährst. Ich hasse Athen", knurrte Angelos. „Außerdem schwitze ich mich zu Tode. Wie halten die Männer das aus?"

„Oh, manchmal klappen sie den oberen Teil des Overalls einfach nach unten!"

„Ja. Für den Kalender vielleicht. Geiler Bock",
antwortete Angelos grinsend. „Kaum zu fassen,
dass du bis vor sechs Wochen hetero warst. Oder
es zumindest geglaubt hast!"

„Bis mich die Sirene von Mykonos hinterrücks
verführt hat!"

Angelos lachte laut.

„Erstens kann ich nicht singen und zweitens bin ich
nicht halb Mensch halb-Vogel. Drittens wollte ich
dich bestimmt nicht töten!"

„Da bin ich mir nicht sicher. Beim ersten Mal
dachte ich, ich sterbe", sagte Yariv und fügte
schnell hinzu: „Aber vor Glück!"

„Gerade noch einmal die Kurve gekriegt", knurrte
Angelos.

Um 15 Uhr 30 ging der Notruf bei der Feuerwehr
ein. Der Anrufer meldete einen Brand im 3. Stock
der Bistumsverwaltung.

Der dritte Zug der Feuerwehrwache 2 rückte drei
Minuten später aus und traf um 15 Uhr 38 vor dem
Gebäude ein.

Die Männer rannten in das dreistöckige Gebäude
hinein, kurz darauf folgten zwei weitere, die einem
schwarzen Van entstiegen waren – was aber
niemand auffiel.

Angelos und Yariv blieben hinter den richtigen
Feuerwehr-Männern, warfen aber in jedem
Stockwerk eine Nebelgranate. Es klapperten
Türen, Schreie waren zu hören – das erwünschte
Chaos entwickelte sich.

Das Feuer sollte im dritten Stock rechts ausge-
brochen sein – zufällig waren dies die Büros von
Kardinal Mendez. Und so rannte der Feuerwehr-
trupp nach rechts, öffnete die Türen und schickte
alle Personen nach draußen. Zwei Frauen rannten
in Richtung Treppe. Mendez hingegen musste von
den Feuerwehr-Männern gedrängt werden.

„Wo soll es hier denn brennen?", rief Mendez
aufgebracht.

Angelos und Yariv standen noch immer auf der
obersten Treppe vor dem dritten Stock. Yariv warf
eine weitere Rauchgranate nach links.

Angesichts des Qualms war Mendez nun doch
bereit, nach unten zu gehen.

Dann hörten Angelos und Yariv eine Stimme über
den Knopf im Ohr:

„Nikakis. Sie haben freie Bahn. Wir verlegen ein
paar Schläuche und lassen niemand rein. Sie
haben 15 Minuten. Und sagen Sie Siopsis, dass ich
etwas gut bei ihm habe!"

„Showtime", sagte Feuerwehrmann Nikakis und
holte die ersten Mini-Abhörgeräte aus der Tasche.

36

Pacelli! Sie müssen mir helfen. Ihr habt mir
diesen Versager geschickt. Jetzt hat
Hieronymus Flavius´ Brief und hier bleibt alles
beim Alten. Aber um jede Spur zu tilgen, müsst Ihr
diesen Nikakis aus dem Weg schaffen!"
Mendez kämpfte mit Hypertonie und Atemnot.
„Erstens spricht man mich mit ‚Eminenz' an.
Zweitens verbitte ich mir diesen Ton eines
besseren Landpfarrers. Drittens konnte niemand
damit rechnen, dass der Hubschrauber mit
unserem Mitarbeiter abstürzt. Sie können froh sein,
dass der wohl dabei umgekommen ist. Würde der
alles ausplaudern, ist es nicht nur mit Ihrer Karriere
vorbei – sie landen in einem griechischen Keller-
verließ. Dort können Sie dann den Gefängnis-
pfarrer spielen!"
Pacelli holte Luft.
„Sie Idiot haben erst Ihren Sekretär eingeweiht
und dann seine Ermordung verlangt. Leider
haben Sie nicht bedacht, dass dieser Roidis einen
Bericht auf CD gebrannt hat. Und wer glauben
Sie, hat den jetzt in den Händen?
„Nikakis", knurrte Mendez. „Ein Grund mehr …"
„HALTEN SIE IHREN MUND, SIE IDIOT!"
Nicht zu fassen, dachte Pacelli.
„Nikakis hat die Unterstützung des Premierministers
und auch Hieronymus hat offensichtlich freund-
schaftliche Gefühle für ihn. Beiden wäre sofort
klar, dass Nikakis ermordet wurde, egal wie wir es

aussehen lassen. Der Premier würde dem Nuntius zusetzen und der ist ohnehin nicht auf unserer Seite. Basta. Wir haben verloren und jetzt heißt es: rette sich wer kann!"

Mendez ahnte, dass er in diesem Rettungsplan nicht vorgesehen war.

„Für Sie, Mendez, haben wir keine Verwendung mehr. Sie plappern zu viel und sind schlicht zu dumm. Als Theologe waren Sie ohnehin eine Null. Warum glauben Sie, hat Rom Sie nach Athen geschickt? Weil selbst ein italienisches Bergdorf zu anspruchsvoll gewesen wäre!"

„Eminenz", sagte Mendez mit eisiger Stimme, „Sie zerre ich aber mit in den Abgrund!"

Pacelli lachte.

„Einen Kardinal der Kurie verhaften? Das wird in Italien nie geschehen!"

Dann legte Pacelli auf.

Was soll ich jetzt tun?

Mendez beschloss, in „seiner" Kirche nachzudenken. Zu Gott zu beten, bringt wohl wenig.

37

Kardinal Mendez sackte der Blutdruck weg. Diese dämlichen Stufen. In Rom hatte er einen Aufzug, aber in diesem gottlosen Land ohne richtige Gläubige gibt es außer Ruinen nichts. Und darauf sind sie auch noch stolz – auf ihre Vielgötterei.

Und überhaupt: in Sachen negativer Arbeitsmoral schlagen die Griechen sogar die Italiener. Und dann diese grässliche Stadt.

Als er wieder Luft bekam, ging er zu seinem Arbeitszimmer und öffnete die Türe.

Er ging zum Fenster und blickte auf sein Kirchlein. Eine Schande.

„Könnte größer sein, nicht wahr?"

Mendez fuhr herum und sah eine Gestalt im Dunkeln, die in einem seiner Sessel saß.

„Verschwinden Sie oder ich rufe die Polizei!"

„Die rufe eher ich. Sie steht nämlich schon unten. Bereit, das ganze Haus auf den Kopf zu stellen!"

Mendez griff zum Hörer.

„Ich rufe den Premierminister an!"

„Der hat diese Aktion vor einer Stunde genehmigt!"

„Das wird er bereuen. Ich rufe den Nuntius an!"

Angelos stand auf und ging auf Mendez zu.

„Der Nuntius hat vor einer Stunde einen Anruf aus Rom erhalten. Er wird für Sie nicht zu sprechen sein!"

„Dann sind Sie wohl dieser lauwarme Bruder aus Mykonos!"

Angelos lachte – und schlug Mendez mitten ins Gesicht.

„Sie haben mir die Nase gebrochen. Ich werde …"

„Was denn? Die Polizei rufen? Eminenz, so schnell rufen Sie nie mehr jemand an. Und der Titel ‚Eminenz' steht ihnen meines Wissens nicht mehr zu!"

Mendez war vollkommen verwirrt.

Angelos klappte das Notebook auf und hielt es in Mendez´ Richtung.

Zu hören war Roidis´ Stimme:

‚Mendez hat geheime Kontakte zu einer Vereinigung, die das Ansehen der Kirche beschmutzt. Diese Organisation hat ihren Sitz in der Klause Trisulti. Ich habe ein Telefonat mitgehört, in dem es um die Ermordung von Sekretär Seferis ging!'

Mendez schluckte, fing sich aber schnell wieder.

„Spinnereien eines deprimierten Landpfarrers!"

„Sie sind ein Schwein, noch dazu ein gottloses. Sie sind ein Mörder!"

Mendez lachte.

„Beweise, du …"

Angelos zog die Augenbraue hoch.

„Noch eine Gesichtsverschönerung?"

„Nichts können Sie beweisen!"

Als Nächstes hörte Mendez seine eigene Stimme:

„Pacelli! Sie müssen mir helfen. Ihr habt mir diesen Versager geschickt. Jetzt hat Hieronymus Flavius´

Brief und hier bleibt alles beim Alten. Aber um jede Spur zu tilgen, müsst Ihr diesen Nikakis aus dem Weg schaffen…"

Angelos lächelte.

„Aber ich lebe noch, Und habe die Freude, Ihnen mitteilen zu dürfen, dass die Kurie in Rom beschlossen hat, Sie nach Papua-Neuguinea zu versetzen. Dazu eine kleine Zurückstufung zum Bischof. Dafür viel unberührte Natur!"

Mendez erbleichte und vergaß seine blutende Nase.

Papua-Neu … Nach allem, was ich für die Kirche getan habe. Nein. Die Schwuchtel will mir nur Angst machen.

Das altmodische Telefon auf dem Schreibtisch aus Eiche begann laut zu klingeln.

„Wenn ich raten dürfte: Rom", sagte Angelos.

Während des Gesprächs sagte Mendez nur wenige Worte.

„Morgen? Nach Rom? Aber … auf den Flügen vormittags ist die Business-Class … Economy? Holzklasse? Ich bin Kardinal!"

Dann redete nur noch einer und das war nicht Mendez.

„Nein. Ich werde mich den Befehlen des Kardinalstaatssekretärs nicht widersetzen!"

Dann legte Mendez auf.

„Der Herr Kardinalstaatssekretär. Der zweite Mann, nicht wahr?"

„Irgendwann erwischen wir dich!"

„Wer ‚ihr'? Ihr Freund Pacelli wird gerade von den Carabinieri abgeholt. Auf Befehl des Innenministers, der ganz schnell wieder zum Demokraten wurde …"

Jetzt war Mendez´ Blick nur noch leer.

„In der Hölle sollst du schmoren, du Sodomit!"

Angelos lachte.

„Wenn Sie wüssten, was Ihnen entgeht. Ach halt, Sie haben ja einschlägige Erfahrung mit Messdienern. Ich vergaß!"

Angelos ging zur Türe, drehte sich aber noch einmal um.

„Ach ja. Meine persönliche Einschätzung ist, dass Ihnen Papua erspart bleibt. Die Herren aus Trisulti werden sicherlich schnell ihre Spuren verwischen wollen. Und die einzige Spur, die von dieser Angelegenheit bleibt, ist die Ihre. Schlimm, wenn man jede Nacht damit rechnen muss, dass einem der Sensenmann die Hände schüttelt! Die dauernde Angst, das dauernde Umdrehen …

Auf Nimmerwiedersehen, *Herr Pfarrer*!"

38

Es war wie in einem Agentenfilm während des Kalten Krieges. Zwei Männer mit Basecaps überquerten den Mitropoleos-Platz in Athen. Über die Stufen erreichten sie den Vorplatz der Kathedrale Maria Verkündigung.

Sie stellten sich hinter die dicke Säule rechts des Portals. Ein dritter Mann kam hinzu. Er trug eine schwarze Mönchskutte.

„Bereit, meine Herren?", fragte der dritte Mann und lächelte.

„Aber sowas von", sagte Yariv mit strahlenden Augen. Hieronymus öffnete das große Portal.

Als Angelos und Yariv den Innenraum betraten, traf sie fast der Schlag.

In der Kathedrale brannten sämtliche Kerzen. Hunderte.

Yariv schluckte, als er sagte:

„Das muss man euch lassen. Eure Show ist einfach besser!"

Hieronymus lachte.

„Aber das hier ist das Spezialprogramm für gute Freunde! Habt ihr die Urkunde für den Namens-wechsel dabei? Ich nehme an, der Herr Bürger-meister hat selbst unterschrieben?"

Angelos nickte.

„Und es ist sogar ein Siegel drauf", sagte Hieronymus schmunzelnd.

„Danke", sagte Angelos, der nur die öden Zeremonien in Rathäusern kannte. Er hatte ja schon zwei Mal geheiratet.

Die drei erreichten den Altar.

„Ich muss noch einmal darauf hinweisen, dass dies hier kein offizieller Akt ist. Es ist die originale Zeremonie, aber nicht rechtsgültig. Ihr erhaltet zwar von mir die Papiere, müsst sie aber bitte unter Verschluss halten. Es geht leider nicht anders. Man würde mich steinigen. ABER: vor Gott seid Ihr danach verbunden durch das Band der Ehe. Und nur das zählt. ", sagte Hieronymus. „Noch eines. Es gibt keine Scheidung. Dieser Bund ist für die Ewigkeit. Ihr seid euch darüber im Klaren?"

„Aber sowas von", sagte Yariv.

Hieronymus lachte.

„Vielleicht sollten wir auch die zweite Person noch fragen?"

Angelos lachte.

„Heiligkeit, ich habe ab jetzt nichts mehr zu melden!"

„Gottes Diener ist verheiratet, Angelos Nikakis. Gottes Diener, Angelos Nikakis, im Namen des Vaters, des Sohnes und des Heiligen Geistes, Amen!"

„Gottes Diener ist verheiratet, Yariv Nikakis. Gottes Diener, Yariv Nikakis, im Namen des Vaters, des Sohnes und des Heiligen Geistes, Amen".

Dann setzte Hieronymus Angelos und Yariv zwei Kronen auf und tauschte sie drei Mal.
Anschließend griff Hieronymus zu einer Tasse Wein und segnete sie.
„Das ist von uns geklaut", flüsterte Yariv.
Der Metropolit grinste.
„Nun trinkt. als Zeichen Eures gemeinsamen Schicksals im Leben, in Freude oder Trauer!"
Während Angelos und Yariv abwechselnd tranken, ging Hieronymus drei Mal um das Hochzeitspaar und sang „Troparia".

„Leider ist es ohne Chorgesang etwas dürftig, aber das konnte ich nicht riskieren. Dennoch: ihr dürft euch jetzt küssen – aber NICHT MEHR!"
Angelos lachte. Dann küsste er Yariv.
„Kleiner, du weinst!"
„Als ob deine Augen nicht wässrig wären", flüsterte Yariv. „Ich bin der glücklichste Mensch der Welt!"
„Hoffentlich enttäusche ich dich nicht!"
„Da brauche ich mir keine Sorgen machen. Ich sehe es in deinen Augen. Du bist dort, wo du immer hinwolltest!"
Angelos nickte nur.
„Aber ein paar Fotos können wir schon machen, oder?", fragte Yariv.
„Die Frage ist eher, ob ich es schaffe. Mehr als Telefonieren kann ich mit diesen Dingern nicht", sagte Hieronymus.
„Alles eingestellt. Nur noch auf den weißen Knopf drücken", sagte Yariv.

Und so wurde der Raum kurz durch einen Blitz zusätzlich erleuchtet. So, als hätte der Herrgott seinen Segen gegeben.

Beim Hinausgehen sagte Yariv:

„Vielleicht erleben wir es ja noch, dass das Heiraten in einer Kirche auch für andere möglich ist!"

Hieronymus schüttelte den Kopf.

„Der hartnäckigste Virus auf dieser Welt ist die menschliche Dummheit!"

„Vielleicht ist Gott ja schwul. Oder eine Frau", sagte Yariv.

„Letzteres kann nicht sein. Dann würde Gott dauernd mit uns sprechen. Und das in einer unangenehmen Tonlage", antwortete Angelos.

Hieronymus lachte.

„Wie bekommt unser Bürgermeister auch nur eine einzige Wählerstimme von den Frauen auf Mykonos?", fragte er.

„Es ist die Hoffnung, dass er hetero wird", sagte Yariv trocken. „Aber das weiß ich zu verhindern!"

Angelos und Yariv liefen über den Syntagma-Platz.

„Wo wollen wir eigentlich hin?", fragte Yariv.

„Ist das wichtig?"

„Nein. Hauptsache, du bist da! Ich hoffe nur, ich muss nicht zum Flughafen laufen", sagte Yariv.

Plötzlich blieb Angelos stehen.

„Wir sind da!"

Die beiden standen vor dem „Hotel Grande Bretagne".

„Du machst Scherze", sagte Yariv und strahlte.
„Zu einer falschen Hochzeit gehört wenigstens eine richtige Hochzeitssuite!"
Und zum „Grande Bretagne" gehörte es, dass das Personal Spalier stand und klatschte.
Am Ende stand Antonis Migiakis.
„Alles Gute, du Nervensäge!"
„Danke, du Gauner!"
„Und du, Yariv, bremst ihn, wenn er wieder mal durch die Wand will! Oder mich wieder ‚Vollidiot' nennt!"
Yariv lachte.
„Das werde auch ich nicht schaffen!"
Dann fuhren die beiden nach oben, doch der Eingang war blockiert. Drei riesige Kartons versperrten den Weg zur Hochzeitssuite.
„Was ist das?", fragte Yariv und schaute auf das Label an der Seite.
„'Jackson´s Art'! Das ist die weltbeste Adresse für Künstlerbedarf!"
„Jup. Und das sind genug Leinwände, Farben und Pinsel für ein paar Jahre. Und du hast einiges zu tun, denn im Mai eröffnen wir deine eigene Galerie", sagte Angelos.
„Meine eigene Galerie?"
„Ja. Einzige Bedingung: keine Akte von mir! Schließlich …"
„ … bist du der Bürgermeister und den Zauberstab sehe ab jetzt nur noch ich!"

39

Schon am übernächsten Tag sollte Angelos wieder unsanft in der Realität landen. Die beiden frisch Vermählten waren noch keine Stunde zuhause, als es an der Tür läutete.

Als Angelos öffnete, traf ihn fast der Schlag.

Es war Khaled.

Der wiederum strahlte und war bester Laune.

„Mein Schöner, länger nicht gesehen. Darf ich reinkommen?"

Ohne eine Antwort abzuwarten, zwängte er sich an Angelos vorbei.

Yariv saß am Küchentisch und hatte mit allem gerechnet, aber nicht mit einem Besuch seines Vorgängers.

„Hallo Yariv! Ich entschuldige mich dafür, dass ich in der Hitze des Gefechts Dinge gesagt habe, die nicht sonderlich nett waren. Und dass ich in deiner Wohnung randaliert habe. Bin halt Araber", sagte er mit breitem Lächeln.

Yariv wusste nicht, was Khaled mit den „Dingen" meinte, Angelos hatte ihm nie erzählt, dass Khaled ihn als den blöden Juden" bezeichnet hatte.

„Na, was ist denn das für ein Foto. Ihr zwei und ein Priester? Geht ja wohl kaum. Immerhin bist du noch verheiratet und du bist Jude!"

Khaled schaute abwechselnd Angelos und Yariv an.

„Ein Joke-Foto also. Sieht aber wirklich echt aus", sagte Khaled.

„Äh …", begann Yariv, wurde aber von Angelos´ Blick zum Schweigen gebracht.

„Ach, ich habe mein Geschenk vergessen", sagte Khaled und rannte wieder aus dem Haus.

„Nein. Ich verleugne dich nicht. Es ist nur jetzt nicht der richtige Zeitpunkt", sagte Angelos schnell.

„Und die Erbschaft? Und das Konto auf den Bermudas?", fragte Yariv.

„Ich werde alles ansprechen. Keine Sorge. Und ich werde ihm sagen, dass wir beide verheiratet sind – irgendwie", antwortete Angelos.

Khaled rumpelte wieder in die Küche hinein und hielt einen großen Karton in den Händen.

„Deine geliebte Espresso-Maschine und Kaffee für zwei Jahre!"

„Danke", sagte Angelos.

Es folgte peinliche Stille.

„Also: ich werde einen längeren Urlaub antreten. Es ist auch nicht leicht für mich. Ich habe dich geliebt, ich liebe dich noch immer, aber ich muss die Lage so akzeptieren, wie sie ist. Ich habe damals Alex verdrängt und jetzt hast du, Yariv, das Gleiche mit mir gemacht. Also kann ich dir keinen Vorwurf machen. Mir war sofort klar, dass du, Angelos, dich schwer verliebt hast. Ich dachte, es ginge vorbei oder aber – als letzte Möglichkeit -: wir führen eine Dreier-Beziehung. Ich weiß, dass Angelos niemand wehtun will und deswegen klare Entscheidungen auf die lange

Bank schiebt. Also räume ich das Feld und wünsche Euch viel Glück!"

„Danke", sagte Yariv.

„Nun. Wie gesagt: ich brauche Abstand. Ob ich danach das Haus verkaufe – ich weiß es nicht. Aber ich möchte nicht im Zorn auseinandergehen. Deswegen will ich Euch zu einem Abschiedsabend auf die Yacht einladen. Ein letzter, netter Abend ohne Streit und Vorhaltungen", sagte Khaled.

Er schaute zu Angelos.

„Wo fliegst du hin?", fragte Angelos.

„Ich denke, auf die Bermudas!"

Zwischen „Ber-„ und „-mudas" flog Yariv die Espressotasse herunter.

„Was hat er denn?", fragte Khaled.

„Nichts. Er ist manchmal etwas ungeschickt", antwortete Angelos. „Aber wir kommen!"

„Gut. Sagen wir um neun am Hafen?"

Angelos nickte.

„Sehr schön. Ich freue mich. Bis nachher!"

Als Khaled das Haus verließ, war die Stimmung angespannt.

„Du weißt genau, warum er auf die Bermudas will", knurrte Yariv.

„Und ich werde ihn nach dem Erbe fragen. Keine Sorge!"

„Und was ist mit der ungültigen Ehe?"

„Yariv, bitte. Auch darüber werden wir mit Khaled reden. Ich will nur vermeiden, dass Hass aufkommt. Ist das so schwer zu verstehen?", fragte Angelos. „Den Abend stehen wir durch. Wird er ausfallend oder greift er dich an, dann gibt´s eben den großen Knall. Vertrau mir doch einfach!"

40

K omm, gib mir deine Hand", sagte Angelos zu Yariv. „Dann sieht er, dass jeder Versuch sinnlos ist. Wenn er es überhaupt vorhat!"
Yariv lächelte und war dankbar für das eindeutige Zeichen.
Sie liefen entlang der Mole im Neuen Hafen auf Khaleds Yacht zu. Das „Boot" leuchtete wie ein Kreuzfahrtschiff.
„Er beleuchtet halb Mykonos", knurrte Yariv.
„Will er uns zeigen, dass es für dich ein Abstieg ist?"
Angelos blieb stehen.
„Du bist für mich doch kein Abstieg, Kleiner. Wie kommst du denn auf so einen Unsinn?"
„Weil du mich durchfüttern musst. Mit Khaled war das kein Problem!"
Angelos legte die Arme um Yarivs Hals.
„Aber mit dir bin ich glücklich. Und diesen ganzen Firlefanz habe ich nie gebraucht. Ich dachte nur immer, dass ich Khaled nicht zwingen darf, ein

Leben zu führen, dass er nicht kennt. Dabei wäre es besser gewesen. Für mich. Und für ihn. Und bevor du noch einmal mit dem ‚Durchfüttern' ankommst: du machst zukünftig das, was du am besten kannst!"

„Hauptberuflich blasen?", fragte Yariv grinsend. Angelos lachte.

„Dann halt das Zweitbeste. Malen. Du bist begabt – und damit wirst du dein eigenes Geld verdienen. Außerdem bist du de facto der zweite Kommissar. Und garantiert nicht schlechter als ich. Also wird es dir an Bestätigung nicht fehlen. Ich darf dir nur kein Gehalt zahlen, sonst …"

Weiter kam Angelos nicht. Yarivs Zunge unterbrach den Wortschwall.

„Wobei du damit ein Vermögen verdienen würdest", sagte Angelos lachend. „Nein. Ich wäre dein Zuhälter und ich würde reich!"

„Ein richtiger Zuhälter reitet neue Pferde ein. Meist grob. Wäre doch eine Idee für heute Nacht?", fragte Yariv. Hundeblick. Lockedrehen. Und der Zeigefinger wanderte über Angelos´ Schritt. Plötzlich hörten sie eine Stimme:

„Könnt ihr mal fünf Minuten die Finger von euch lassen? Mitten in der Öffentlichkeit!", schrie Khaled von der Yacht aus. Lachend schüttelte er den Kopf.

„Ah. Und die Herren haben beide eine Erektion! Ihr solltet weitere Hosen anziehen!"

„Als ob das bei Angelos helfen würde", antwortete Yariv.

41

Khaled hatte wirklich alle Register gezogen. Windlichter auf der gesamten Yacht und die Dekoration entsprach einem Candlelight-Dinner für Milliardäre.

„Grundgütiger", sagte Angelos. „So viel Aufwand für ein Essen!"

„Ein besonderes Essen. Zumindest für mich", antwortete Khaled. „Ich will dich und Mykonos in guter Erinnerung behalten. Da ist ein Essen wohl besser als zugeschlagene Türen!"

Khaled schien relaxed. Yariv hingegen war nervös, auch wenn er nicht erklären konnte, warum.

Es ist vorbei und Angelos ist bei mir.

Khaled erzählte von seinen Urlaubsplänen und seiner Idee, doch nach Fudscheirah zurückzukehren, aber nicht in offizieller Funktion, sondern als Unternehmer.

Du hast doch noch nie im Leben gearbeitet, dachte Yariv. Was für ein Unternehmen sollte das sein? How-to-waste-money.com?

„Du könntest aber ein Staatsamt übernehmen", sagte Angelos, der das Gleiche dachte wie Yariv.

Kindergärten und Einkaufszentren eröffnen – das könnte er als ehemaliger Kronprinz. Halt: ich habe das Erbe vergessen. Sorgen würde Khaled keine haben.

„Und dann möchte ich unbedingt mal nach Thailand!"

„Khaled, ich muss dir etwas sagen. Wir beide waren nie verheiratet. Ich habe einen Brief aus München bekommen, dass irgendein Stempel gefehlt hat. Wir sind also beide rechtlich ledig. Ich habe es auch erst vorgestern erfahren. Es spielt auch keine Rolle, wenn du Mykonos verlassen solltest. Ansonsten müsstest du eine Aufenthaltsgenehmigung beantragen. Der Status ‚verheiratet mit einem Griechen' gilt nicht mehr. Natürlich würde ich mich darum kümmern!"

Khaled schaute, als hätte er einen Eimer Eiswasser über den Kopf geschüttet bekommen.

„Das ist doch ein Witz", brachte er mühsam hervor.

Angelos zog das Schreiben aus der Sakkotasche. „Schau es dir selbst an!"

„Ich kann kein Deutsch. Ich kann nach zwei Jahren nicht mal Griechisch. Aber ich glaube es dir auch so. Schon seltsam. Als hätte es unsere gemeinsame Zeit nicht gegeben!"

„Das ist Unsinn, Khaled. Es war eine schöne Zeit und wir haben uns geliebt. Das bleibt. Zumindest bei mir", sagte Angelos.

„Und ich liebe dich immer noch. Aber ich gebe mich geschlagen. Yariv hat gewonnen!"

„Es ist kein Spiel, Khaled. Ich habe dich nicht hintergangen oder belogen. Nicht ein einziges Mal!"

„Schon gut, lasst uns einfach essen und an die Zukunft denken!"

Es folgten Anekdoten aus der Zeit, als Khaled und Angelos sich kennengelernt hatten.

„Eines muss ich dich noch fragen: warum hast du mir nie erzählt, dass du geerbt hast?", fragte Angelos. „Ich meine, es ist natürlich dein Geld, aber du hättest es sagen können!"

„Ach Geld. Ich dachte, es interessiert dich ohnehin nicht. Du hast nie gefragt, wieviel ich habe. Was hätte es dann für einen Unterschied gemacht?", fragte Khaled. „Du hättest nur mit den Schultern gezuckt!"

„Stimmt, aber es geht auch um die Erbschafts-steuer. Na ja, da wir nicht verheiratet waren, bin ich ohnehin außen vor", sagte Angelos.

Es dauerte einige Minuten, bis es bei Khaled „Klick" machte.

„Moment mal. Dann war das Foto mit dem Priester kein Gag? Ihr seid wirklich schon verheiratet?"

Angelos nickte.

„Und ich heiße jetzt Nikakis", sagte Yariv.

„Und ich?", fragte Khaled.

„Du hast immer al-Mussawi geheißen. Aber nochmal: das ändert doch jetzt nichts mehr", sagte Angelos.

Das Meer wurde zusehends kabbelig.

„Dann lasst uns auf diese Trottel vom Konsulat trinken! Sie haben uns eine Scheidung erspart", sagte Khaled fröhlich.

„Die wäre ohnehin schnell über die Bühne gegangen. Ich hätte nichts von dir verlangt, schließlich war ich derjenige, der sich neu verliebt hat!", sagte Angelos. „Ich hoffe, du kannst mir irgendwann verzeihen!"

„Es ist wie es ist! Dann machen wir jetzt den Dom Perignon auf und stoßen auf euch an!"

Natürlich öffnet er die Flasche nicht selbst, sondern der Butler, den er sich nach der Trennung sofort zugelegt hatte, dachte Yariv. Angelos hätte den Butler an den Haaren aus dem Haus gezogen. Aber es ist jetzt sein Leben, also kann er machen, was er will. Hauptsache ist, dass Angelos bei mir ist.

„Ich wünsche euch von Herzen Glück", sagte Khaled.

Und dann wurde die erste Flasche geleert.

42

Ein paar Stunden später wachte Angelos auf. Er hatte Mühe, seine Sinne zu sortieren. Wo bin ich? Und warum?

Es dauerte, bis er begriff, dass er auf Khaleds Yacht war. Der Schädel brummte und sein Gleichgewichtssinn spielte ihm Streiche. Auf einem Boot nicht gerade hilfreich, vor allem, wenn der Wellengang deutlich zugelegt hatte. Wo zum Teufel ist Khaled? Und viel wichtiger: wo ist Yariv?

„YARIV!!"

Das Boot schwankte. Als er wieder sicher stand, hörte Angelos ein Poltern unter Deck. Yariv kam mehr hochgekrochen als -gelaufen.

„Herrgott, brummt mir der Schädel. Oops, ganz schön stürmisch. Wo ist denn unser Gastgeber?"

Gute Frage, dachte Angelos.

„KHALED?"

Am Ruder stand niemand.

„Hoffentlich zerschellen wir nicht an einer Klippe", brummte Yariv.

Stimmt, dachte Angelos und rannte die Stufen nach oben. Niemand zu sehen.

Zum Glück zeigte der Bildschirm, dass sie zwischen Mykonos und Naxos umhertrieben. Anker war keiner gesetzt – das würde man auf dem Display sehen.

Yariv kam nach oben und schimpfte:

„Wo ist er denn? Soll ich unten nachsehen?"

„Ja, bitte. Vielleicht hat es Khaled genauso umgeworfen wie uns", sagte Angelos.

„Oder er ist Schwimmen", meinte Yariv.

„Khaled und Schwimmen? Ihm war der Jacuzzi zu kalt", widersprach Angelos.

Und dann bekam er Gänsehaut. Denn: war Khaled nicht auf der Yacht, muss er über Bord gegangen sein.

Nach einer gefühlten Ewigkeit kam Yariv zurück, schüttelte aber den Kopf.

„Betrunken über Bord gegangen? Khaled hatte schon einiges intus, aber …"

„Wir müssen ihn suchen. Du gehst an den Such-scheinwerfer", sagte Angelos.

„Wo denn suchen? Du weißt doch gar nicht, wo wir herkommen!"

„Wir müssen es probieren, Yariv. Bitte!"

Angelos wendete die Yacht und folgte dem instinktiven Zurück-Drang. Nichts. Kreiskurs: nichts.

„Das hat keinen Sinn. Verständige die Küstenwache und wir fahren zurück nach Mykonos. Vielleicht ist Khaled im Hafen", sagte Yariv.

„Und wie soll er dorthin gekommen sein?"

43

Angelos und Yariv saßen im Büro von Hafenmeister Giorgios, um die Suchaktion der Küstenwache am Funk zu verfolgen. Auch eine Nachverfolgung der Fahrt über maritimtraffic.com, mit dem man jedes Schiff auf der Welt lokalisieren und nachverfolgen kann, brachte kein Resultat.

„Jedes Boot oder Schiff hat eine Art Transponder. Wie beim Flugzeug. Und Khaleds Yacht hat sicher einen, aber entweder ist er defekt oder er wurde ausgeschaltet!"

„Khaleds Yacht war erst in Reparatur. Die müssen doch eine Art Kundendienst gemacht haben", sagte Angelos niedergeschlagen.

Sein erster Mann ermordet, der zweite im Meer ertrunken?

Angelos war wie gelähmt.

Yariv hingegen hatte das Kommando übernommen. Er griff zu seinem Handy und rief Abu Bakar an.

„Abu? Yariv. Du musst uns helfen. Khaled …"

„ … ist verschwunden. Ich habe die Funksprüche gehört. Wenn er tatsächlich über Bord gegangen ist, kann er nicht überlebt haben. Auf dem Meer sollte wenigstens einer nüchtern bleiben, Herrgott!"

Da hat er recht, dachte Yariv, aber er konnte sich nicht wirklich erinnern. Drei Flaschen waren es definitiv …

„Wie es Angelos geht? Er ist in Schockstarre. Hör zu: ich weiß, dass du ungern an Land gehst, aber könntest du Khaleds Yacht von deinen Leuten überprüfen lassen? Sonardaten, Fahrtenschreiber oder irgendwelche Spuren. Ich kenne mich gar nicht aus und Angelos nur ein bisschen! Danke. Ich fahre Angelos nach Hause und komme dann wieder!"

Angelos folgte Yarivs Befehlen und stieg ins Auto ein.

Zu Hause in Ornos legte sich Angelos auf die Couch. Yariv warf eine Decke über ihn, denn Angelos zitterte.

„Kommst du zurecht? Einer sollte im Hafen bleiben, falls Nachricht kommt!", sagte Yariv.

Aber Angelos war nicht ansprechbar.

Was mache ich jetzt? Ich bin sein Mann und sollte bei ihm bleiben, dachte Yariv.

Aber Abu läuft in Kürze ein und es muss jemand im Hafen sein.

Yariv entschied sich für den Hafen.

44

Vier Stunden später lag Angelos noch immer in derselben Stellung auf der Couch, als Yariv und Abu zur Türe hereinkamen.

„Ah. Das neue Heim. Vor dieser Tür traf meine Kugel Angelos in die Leber", sagte Abu.

„Heute sind wir Freunde!"

„Das habe ich schon fast vergessen. Die Leber ist gut nachgewachsen", sagte Angelos leise.

Immerhin spricht er wieder, dachte Yariv.

„Komm bitte mit in die Küche, Angelos. Wir brauchen alle Espresso!"

Und tatsächlich stand Angelos auf. Der Kleine hat ihn gut im Griff, dachte Abu.

„Setz dich. Abu und ich müssen dir etwas sagen!"

„Khaled ist tot, oder?", fragte Angelos.

Abu und Yariv sahen sich an.

„Seit wann seid ihr eigentlich so dicke Freunde?", fragte Angelos.

„Nun, mir liegt viel an dir. Nicht nur wegen des Geschäftes. Du bist mein Freund, auch wenn ich nie gedacht hätte, dass ich noch einmal jemand vertrauen könnte. Und ich wollte wissen, ob dein Zukünftiger Dreck am Stecken hat und habe ihn überprüft. Yariv ist sauber. Aber wir müssen über Khaled reden!"

„Ist er jetzt tot oder nicht?", fragte Angelos erneut.

Abu schaute Yariv an.

„Er ist doch sonst nicht so begriffsstutzig!"

„Er liebt ihn immer noch. Irgendwie. Aber das ist in Ordnung!"

„Was zum Teufel meint ihr?"

Abu holte tief Luft und schaltete sein Notebook an.

„Hier siehst du maritime-traffic von gestern Nacht!"

„Ziemliches Gewimmel. Was soll das mir jetzt sagen?"

Abu öffnete ein zweites Fenster.

„Und das hier sind die Sonardaten. Wenn wir sie übereinander legen … dann sieht man hier, dass zwei Boote nicht auf dem GPS-Schirm sind. Und diese zwei Boote steuern aufeinander zu. Beide stoppen um 3 Uhr 08, als sie aufeinandertreffen. Nur zwei Minuten später trennten sich die Boote und eines davon ging auf Kurs Osten. Das Boot, das vor Ort blieb, wart ihr!"

Angelos begriff noch immer nichts.

„Er versteht es noch immer nicht", seufzte Abu.

„Angelos: Khaled ist nicht über Bord und auch nicht tot – er hat nur das Boot gewechselt, während wir schliefen. Letzteres wohl nicht ganz freiwillig!", sagte Yariv.

„Und das ist noch nicht alles. Meine Leute haben das Boot durchsucht und sie fanden einen Zünder neben dem Tank! Dein Ex-Mann hat euch abgefüllt, KO-Tropfen hinein ins Glas – und schwupps – wart ihr weg. Dann hat er die Yacht verlassen. Zwanzig Minuten später hätte allein der Zünder gereicht, um den vollen Tank explodieren zu lassen. Selbst wenn ihr die Explosion überlebt hättet: schwer verletzt, mitten auf hoher See im Wasser – ihr wärt ertrunken! Allerdings war bei dem Zünder ein Kabel locker!"

Für eine Minute herrschte Totenstille.

Lass es langsam sacken, dachte Yariv.

„Den Rest auch noch?", fragte Abu Yariv.

Der nickte.

„Es muss alles auf den Tisch. Die Geschichte mit dem Erbe kennst du ja schon. Was du nicht weißt: er ist nicht zum Friseur nach Istanbul geflogen. Halt, also nicht nur. Sagen wir es so!"

Armer Kerl, dachte Yariv und hoffte, dass der finale Schlag Angelos nicht völlig aus der Bahn warf.

„Du hast ihn beschatten lassen?", fragte Angelos.

Abu nickte.

„Er ging jedes Mal in ein, äh, wie nennt man das?"

„Etablissement", half ihm Yariv.

„Oh Gott", sagte Angelos und vergrub den Kopf in seinen Händen.

Abu drückte auf eine Taste.

„Ich will es nicht sehen", sagte Angelos. „Sag´s mir einfach!"

„Nun, in dem Haus werden junge Mädchen und Jungs angeboten. Nicht ganz jung. Sagen wir: an der Grenze. Und es sind alle Thais. Die wirken jünger als sie sind", erklärte Abu.

„Wahrscheinlich möchte er deswegen Urlaub in Thailand machen", sagte Yariv.

„Auf alle Fälle ist er über alle Berge. Den Haftbefehl müsstest du beantragen, auch wenn er nichts bringt. Er wird die Villa verkaufen lassen und nicht so dumm sein, zurückzukehren!"

Abu stellte Angelos den nächsten Espresso hin.

„Ich muss Alex holen", war Angelos´ erster Kommentar. Dessen Grab lag noch im Garten der Villa.

Yariv lächelte.

„Natürlich. Alex wechselt nur den Garten. Und in seinem alten Haus gefällt es ihm sicher besser!"

Angelos stand auf.

„Ich muss raus. Alleine. Bitte!", sagte er und ging. Vom Fenster aus sahen Yariv und Abu, wie Angelos am Strand auf und ab ging.

„War es verkehrt, alles auf den Tisch zu legen?", fragte Abu.

„Nein. Keine Geheimnisse, keine Lügen, kein Schönreden", antwortete Yariv.

„Da hast du eine Menge Arbeit vor dir!"

„Ich weiß. Aber er ist es wert", antwortete Yariv.

„Ich frage mich immer noch, warum …", begann Abu, aber Yariv unterbrach ihn.

„Hass, Abu, blanker Hass!"

„Wenn ich Khaled erwische, hänge ich ihn an der Decke auf und ziehe ihm die Haut ab", sagte Abu.

„Keine Nagelpistole?", fragte Yariv grinsend.

„Nein. Die halte ich für dich vor, falls du Angelos jemals hintergehen solltest!"

Band 23
SISA
erscheint Ende Dezember!

Mykonos und Drogen ziehen sich gegenseitig an wie Magnete. Da der Effekt nicht zu stoppen ist, hat Kommissar Angelos Nikakis mit dem größten Drogenhändler der Ägäis, Abu Bakar, ein Abkommen getroffen: keine gestreckte Ware, begrenzte Menge, keine Lieferung an Jugendliche und keine Gewalt auf der Insel. Im Gegenzug drückt Angelos beide Augen zu, auch weil er die übliche Drogenpolitik für Heuchelei hält. Seit drei Jahren gab es keine Drogentoten mehr – der Deal funktioniert. Doch nun wird einer von Abus Kurieren ermordet und auch er gerät ins Visier von Drogenhändlern, die das Monopol mit Gewalt brechen wollen. Angelos hält dagegen und bringt damit sich und seinen Freund Yariv in Lebensgefahr.

Paul Katsitis

Mykonos Crime
Angelos Nikakis´ 23. Fall

SISA

MYKONOS CRIME 23

SISA

Paul Katsitis

Mykonos und Drogen ziehen sich gegenseitig an wie Magnete. Da der Effekt nicht zu stoppen ist, hat Kommissar Angelos Nikakis mit dem größten Drogenhändler der Ägäis, Abu Bakar, ein Abkommen getroffen: keine gestreckte Ware, begrenzte Menge, keine Lieferung an Jugendliche und keine Gewalt auf der Insel. Im Gegenzug drückt Angelos beide Augen zu, auch weil er die übliche Drogenpolitik für Heuchelei hält. Seit drei Jahren gab es keine Drogentoten mehr – der Deal funktioniert. Doch nun wird einer von Abus Kurieren ermordet und auch er gerät ins Visier von Drogenhändlern, die das Monopol mit Gewalt brechen wollen. Angelos hält dagegen und bringt damit sich und seinen Freund Yariv in Lebensgefahr.

Band 24
KODEX

erscheint vorauss.
Anfang März 2021!

Serie 3 – Angelos und Yariv

Paul Katsitis – Yariv 21

Mykonos im Juni: gähnend leer, dank Corona.
Nach der Öffnung der Insel ist es vorbei mit
der erzwungenen Ruhe: im Haus eines hoch-
rangigen Politikers wird eine tote Frau
gefunden.
Und Kommissar Angelos Nikakis hat noch ein
weiteres Problem: sein Kollege Yariv wird bei
einem Einsatz in Athen schwer verletzt.

Paul Katsitis – Darknet 20

An der Uferpromenade mitten in Mykonos-Stadt wird die Leiche eines jungen Mädchens gefunden, das niemand kennt. Gefoltert und vergewaltigt.
Als ein zweites Opfer gefunden wird, vermutet Kommissar Angelos Nikakis, dass er es mit einem Pädophilenring zu tun haben könnte. Zusammen mit seinem Athener Kollegen Yariv Markaris, einem Darknet-Spezialisten, nimmt er die Spur auf. Er stößt dabei auf Beteiligte, die aus den höchsten Kreisen in Athen stammen und die ihre eigene „Flüchtlingspolitik" verfolgen.

Serie 2: Angelos und Khaled

Paul Katsitis – Carneval 19

Carneval in Griechenland? Bestimmt nicht, denken viele. Von wegen: Rosenmontag ist einer der wichtigsten Feiertage. Doch auf Mykonos wird Carneval gestört: in der Nähe von Kalafati wird ein Motorradfahrer tot aufgefunden. Obwohl der Kopf abgetrennt wurde, gelingt es Kommissar Angelos Nikakis schnell, ihn zu identifizieren: das Opfer ist ein Emirati, Landsmann von Angelos´ Ehemann

Khaled. Zufälle gibt es nicht, sagt Angelos immer – und leider behält er Recht.

Paul Katsitis – Tödliche Libido 18

Auf einem Kreuzfahrtschiff wird ein 19-jähriger Steward vermisst.
Kommissar Angelos Nikakis nimmt den Fall zunächst nicht ernst. ‚Der Junge macht sich auf Mykonos ein paar schöne Tage', denkt er. Und es gibt keine Leiche.
Doch er täuscht sich. Eines Abends besucht ihn der Premierminister, Antonis Migiakis, der mit Angelos befreundet ist und gesteht, dass der junge Pavlos sein heimlicher Liebhaber war.
Kurz darauf melden sich die Entführer – und die Forderungen haben es in sich. Angelos muss den Jungen finden, sonst ist Migiakis politisch erledigt.
Und zur Lösung des Falls braucht er die Hilfe eines altbekannten Drogenbarons: Abu Bakar.

Paul Katsitis – Botschafter 17

Kommissar Angelos Nikakis und sein Partner Khaled retten ein Kind vor dem Ertrinken. Es ist zufällig der Sohn des israelischen Botschafters. Aus Dankbarkeit wird der Botschafter der Trauzeuge von Angelos und Khaled. Einen Tag später zerreißt eine Bombe dessen Wagen. Was zunächst nach einem Terrorakt aussieht, entpuppt sich als ein Geflecht aus Kunstdiebstahl, Verschwörung und Mord. Und Kommissar Nikakis muss tief in der Vergangenheit wühlen.

Paul Katsitis – Spione 16

Ein russischer Überläufer soll über Mykonos in den Westen geschleust werden. Auf der Kykladen-Insel soll er sich in einer der zahlreichen Schönheits-kliniken eine gesichtsveränderte Operation unterziehen. Kommissar Angelos Nikakis soll den Agenten während des Aufenthaltes schützen. Kein größeres Problem, denkt er. Bis plötzlich drei Geheimdienste auf der Insel am Werke sind. Und sich letztlich Angelos´ Leben für immer verändert.

Paul Katsitis – Khaled 15

Eine Explosion auf Delos töten einen Archäologen. Das erste Rätsel für Kommissar und Bürgermeister Angelos Nikakis. Das zweite Rätsel hingegen – wen er denn nun liebt – löst sich: er trennt sich von Alex und zieht zu Kronprinz Khaled. Doch zwei Tage später wird dieser von einem Attentäter niedergeschossen

Paul Katsitis – Trauma 14

Chefermittler und Bürgermeister Angelos Nikakis glaubt es zunächst nicht: auf der trockenen Insel Mykonos soll ein Golfplatz errichtet werden. Als Nikakis den Investor trifft, glaubt er ihn zu kennen. Bevor er sich erinnert, ereignen sich zwei Morde.
Angelos´ Ehemann Alex findet währenddessen heraus, woher Angelos den Investor kennt.
Bald geschieht ein dritter Mord. Und der Täter ist Alex.

Paul Katsitis – Royals 13

Zehn Seemeilen entfernt von Mykonos wird ein großes Gasfeld entdeckt. Bürgermeister und Kommissar Angelos Nikakis greift zu allen (auch illegalen) Tricks, um Bohrtürme in der Ägäis zu verhindern.
Als dann eine Prinzessin des Emirats Katar während eines Besuchs auf Mykonos entführt wird, scheint es zunächst nicht so, als würde ein Zusammenhang bestehen. Wenige Tage später ist die Prinzessin tot – und Angelos Nikakis sitzt im Gefängnis.

Serie 1 – Angelos und Alex

Paul Katsitis – Der Putsch 12

1967 putscht in Griechenland das Militär. Hellas und auch Mykonos ächzen unter der Diktatur.
52 Jahre später gibt es wieder einen Regierungswechsel in Athen. Doch die Ereignisse von damals werfen ihre späten Schatten.

Ein Flugzeugabsturz und Kommissar Angelos Nikakis sorgen dafür, dass es zu einem politischen Erdbeben kommt.

Paul Katsitis – Glut 11

Der Alptraum aller Chora-Bewohner wird wahr. Ein Großbrand wütet in den engen Gassen der Stadt. Eine knifflige Aufgabe nicht nur für die Feuerwehr, sondern auch für Kommissar und Bürgermeister Angelos Nikakis. Denn in einem Haus findet man eine Leiche. Ein Brandopfer, denken viele. Doch sie wurde erschossen. Drei weitere Morde und der Wiederaufbau lassen Angelos kaum Zeit Luft zu holen.

Paul Katsitis – Abseits 10

Im Stadion von Mykonos wird die Leiche eines Mannes gefunden. Da der Mann Fan von Olympiakos Piräus war, geraten alle Anhänger des Konkurrenzvereins Panathinaikos Athen in Verdacht. Die Indizien lassen zunächst keine andere These zu und der Hass zwischen beiden Lagern ist tatsächlich so groß, dass auch ein Mord im Bereich des Möglichen liegt.

Doch als Kommissar Angelos Nikakis in die Welt der Spielerscouts eintaucht, stellt er fest, dass es um ganz andere Dinge ging: um Menschen-handel, Pädophilie und natürlich eine Menge Geld!

Paul Katsitis – Sturm über Mykonos 9

Paul Katsitis – Die Maske 8

Nach einem Banküberfall erschießt Alex einen der Räuber auf der Flucht. Da er ihn ohne Vorwarnung in den Rücken geschossen hat, steht er bald unter Anklage.

Im Schatten des Prozesses gelingt es einem neuen, besonders brutalen Drogenhändler, genannt „Máská", sein Netzwerk auszubauen. Und er zögert auch nicht, als sich ihm die Gelegenheit bietet, Kommissar a.D. Angelos Nikakis aus dem Weg zu räumen.

Paul Katsitis – Hass 7

Es ist ein besonderer Fall für die beiden Ermittler Alex und Angelos Nikakis. Die Leiche eines jungen Mannes wird in den Dünen

gefunden. Am und im Körper des Toten findet sich die DNA von Angelos.
Er wird verhaftet.

Paul Katsitis – Skalpell 6

Am Strand von Ornos wird eine Frauenleiche gefunden. Es ist die Tochter des Bürgermeisters. Der Leiche fehlen Nieren und Leber. Doch es geht bei der Mordserie nicht nur um Organe, wie die beiden Ermittler Alexandros und Angelos Nikakis bald feststellen. Es existiert ein komplexes Netzwerk, das verschiedene kriminelle Felder abdeckt, und so mancher Inselbewohner ist darin verstrickt.

Paul Katsitis – Inzest 5

Ein Bräutigam, der sich am Tag der Hochzeit vom Balkon stürzt und eine Mädchenleiche in einer Wagenpresse. Zwei Fälle für die beiden Ex-Kommissare Alex und Angelos Nikakis Zwei Fälle, die sich nach und nach aufeinander zu bewegen.

Paul Katsitis – Der-Drei-Sterne-Mord 4

Im besten Restaurant der Insel wird der Chefkoch, ehemals Leibkoch Gaddafis, mit durchschnittener Kehle aufgefunden. Ein schwieriger Fall für Alex und Angelos, zumal die eigene Familie mit beteiligt ist. Der Fall erfährt eine erstaunliche Wendung, als die beiden Ermittler erfahren, dass der britische Außenminister Mykonos besucht – auf dem Landsitz des griechischen Premierministers.

Paul Katsitis – Tattoo 3

Zwei Highlights stehen auf dem Programm des Wochenendes: ein hochdotiertes Beachvolleyball-Turnier und die Eröffnung der ersten Spielbank auf der Insel.
Nicht ins Programm passen zwei Tote: ein 19-jähriger Junge und einer der Beachvolley-ballspieler. An dessen „natürlichem Tod" haben die Ermittler Alex und Angelos so ihre Zweifel.

Paul Katsitis – Rache 2

Im Kloster Ano Mera auf Mykonos wird ein Priester tot aufgefunden, dessen Leiche übel zugerichtet ist. Es sieht nach einem Rachemord aus – doch wofür?

Paul Katsitis – Die Bestie von Mykonos 1

Zwei Kriminalbeamte, Alexandros und Angelos, quittieren den Dienst und eröffnen gemeinsam auf Mykonos eine Bar. Nebenher betreiben sie eine kleine Privat-Detektei. Da die Polizei chronisch unterbesetzt ist, werden Alex und Angelos – wegen ihrer Erfahrung - regelmäßig hinzugezogen.
Mykonos ist in Aufruhr. Offensichtlich foltert, vergewaltigt und tötet ein Mann junge Touristen. Um ihn zu stellen, bleibt nichts anderes übrig, als dass Angelos den Lockvogel spielt – mit furchtbaren Konsequenzen ...

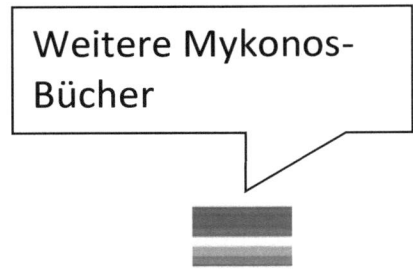

MYKONOS LOVE STORY

Von Michael Markaris

„Die Mykonos Love Story 1-11" von Michael Markaris.
Kommissar Pandis hat mit 53 sein Coming-Out und verliebt sich in den 29-jährigen Angelos.

Bisher erschienen:
Mykonos Love Story 1
Mykonos Love Story 2 – Das goldene Ei
Mykonos Love Story 3 – Morgenröte über Mykonos
Mykonos Love Story 4 - Mykonos Speed
Mykonos Love Story 5 – Rape-Vergewaltigung
Mykonos Love Story 6 – Der rosa Leopard
Mykonos Love Story 7 – Rückkehr der Leoparden
Mykonos Love Story 8 – Crash!
Mykonos Love Story 9 – Der tote Pelikan
Mykonos Love Story 10 – Photia-Feuer
Mykonos Love Story 11 – Der tote Archäologe